HEIKO VOLZ

55 Gründe, Stuttgart trotzdem zu lieben

Heiko Volz

Stuttgart, 24.11.22

Geboren im Herbst 1961 in Calw, lebe ich heute nach vielen Ortswechseln im Schwarzwald und auf den Fildern seit 1994 in Stuttgart. Vieles Denkwürdige lief mir dabei über den Weg bei meinen unterschiedlichen Tätigkeiten als Verlagsleiter, Chefredakteur, Chef vom Dienst, Medienentwickler, Motivationstrainer, Kung-Fu-Lehrer, Koch, Leibwächter, Marketingberater, Illustrator, Fotograf, Werbetexter, Drehbuchautor, Kleindarsteller, Regisseur, Moderator, DJ, Pressesprecher, Reporter, Fahrer, Dozent, Betriebsrat, Synchronsprecher, Reporter, Sänger und Ersthelfer.

Meinen persönlichen Dank an alle, die mein Leben bereichern und ohne die es diese Geschichten nicht gäbe.

HEIKO VOLZ

55 Gründe, Stuttgart trotzdem zu lieben

Denkwürdige Geschichten aus dem Leben eines Eingeborenen

SILBERBURG

1. Auflage 2020

Schweickhardtstraße 5a, D-72072 Tübingen.

Umschlaggestaltung: Björn Locke, Nürtingen,
unter Verwendung von Illustrationen von Sibylle Mayer,
Stuttgart.
Satz und Layout: Björn Locke, Nürtingen.
Druck: CPI books, Leck.
Printed in Germany.

ISBN 978-3-8425-2332-6

Inhalt

Vorwort

Stuttgart kenne ich seit Mitte der sechziger Jahre. Traditionell ging es fast jeden Samstag gemeinsam mit den Eltern zum Einkaufen ins Städtle, in die Stuttgarter Innenstadt. Die Königstraße hoch und runter. Anfangs fuhren da noch Autos. Zur Fußgängerzone wurde sie erst später. Ab Ende der Siebziger ging ich dann auch in Stuttgart zur Schule. In Feuerbach, Sillenbuch und in der Innenstadt.

Als ich 1982 während meiner Berufsschulzeit in der Zeller-Schule im Stuttgarter Süden zum Ausstellen meines Schülerausweises im Rektorat nach meinem Namen gefragt wurde, kam zufällig meine Klassen- und Deutschlehrerin Frau Slupek hinzu und erklärte der Rektoratsangestellten kurz: »Merken Sie sich diesen Namen. Den werden wir in Zukunft noch hören!«

Und damit meine Lehrerin in Zukunft nicht als Lügnerin dastehen würde, fing ich an zu schreiben. Bereits zur Schulzeit füllten meine Geschichten Schülerzeitungen. Später wurden es Geschichten für Zeitschriften und Kinderbücher, noch später fürs Internet. 1999 wurde ich als der Autor von Äffle & Pferdle bekannt.

Nebenbei schrieb ich diese Geschichten auf. Dies sind 55 wahre Geschichten, die ich, meine Familie oder Freunde erlebt haben. Da ist nichts erfunden. Sie sind so aufgeschrieben, wie ich sie in Erinnerung habe. Manches ist vielleicht ein wenig ausgeschmückt. Auf Wunsch habe ich einige Namen der Protagonisten geändert. Es sind Geschichten, die sich über fast ein halbes Jahrhundert durch mein Leben ziehen. Aufgeschrieben habe ich sie, weil ich sie so schön schräg fand und um sie nicht zu vergessen. Die Geschichten sind nicht chronologisch. Sie spielen meistens in Stuttgart, im Speckgürtel von Stuttgart und ein paar sogar bei entfernten Verwandten in Brasilien. Es gibt auch Ausflüge nach Italien und New York. Selbst die Geschichten, die nicht in Stuttgart spielen, sind gute Gründe, Stuttgart trotzdem zu lieben. Warum sage ich eigentlich trotzdem? Weil man, wie überall, über alles meckern kann. Selbst in und über Stuttgart.

Gerade dann, wenn ich nach einer längeren Reise, selbst einem schönen Urlaub, nach Hause komme, gefällt mir Stuttgart immer besonders gut. Dahoim isch halt dahoim, gell!

Immer, wenn mein Stiefonkel Helmut aus Grafenau im Landkreis Böblingen die Familie mit seinen abenteuerlichen, teils veralteten Geschichten in seinen Bann ziehen wollte, lehnte er sich auf seinem Stuhl zurück, verschränkte die Arme genauso wie sein Bruder Günther, mein Stiefvater, und begann mit »Unlängst ...«. Spätestens dann verdrehten die Ersten am Tisch schon die Augen. Um an Helmut zu erinnern, möchte ich meine Kurzgeschichten, wenn es passt, auch mit dieser liebenswürdigen Marotte beginnen.

1 | Der Zwiebeldieb

Als Junge war ich klein und schmächtig. Wir wohnten in einem Reihenhaus in Bonlanden. Das ist heute ein Teilort von Filderstadt im Landkreis Esslingen. Ich war vielleicht zwölf Jahre alt, 40 Kilogramm leicht und schon ein berühmter Fassadenkletterer. Ich kletterte am Wasserrohr über unseren Balkon in den zweiten Stock hoch und wieder runter. Bei meinen Großeltern im Schwarzwald kletterte ich zum Küchenfenster im ersten Stock rein und raus und auf das Dach des Nachbarhauses. Kein Baum war vor mir sicher. Je höher, je gewagter, desto besser. Das wurde nicht gerne gesehen, aber akzeptiert. Häufig schimpften meine Eltern und Nachbarn. Hin und wieder klingelte es aber bei uns zu Hause. Es waren eigentlich immer am Boden zerstörte Nachbarn, die sich ausgesperrt und glücklicherweise ein Fenster oder die Balkontür offen gelassen hatten. Es gab keinen Fall, bei dem ich nicht helfen konnte. In diesen Momenten waren meine Eltern dann doch stolz auf mich.

Eines Tages musste ich mir selbst helfen. Meine Eltern und Geschwister waren bei Verwandten zu Besuch in Hemmingen im Kreis Ludwigsburg. Ich durfte zu Hause bleiben. Ich blieb natürlich nicht in der Wohnung. Ich zog um die Häuser. Spielte Fußball mit Freunden. Irgendwann bekam ich einen riesigen Kohldampf. Leider hatte ich keinen Hausschlüssel. Hatte ich als Kind nie. Und Geld hatte ich auch keins dabei. Es war auch Sonntag, und die Läden waren zu. Das einzige Fenster, das bei uns schräg gestellt war, war das Kellerfenster. Hier musste es Lebensmittel geben. Es war ein kleines, sehr schmales Fenster. Ich konnte es von außen öffnen, herunterklappen und, ohne es zu beschädigen, in den Keller klettern. War gar nicht so ohne. Das Fenster war direkt unter der Kellerdecke in ca. zwei Meter Höhe. Da musste ich erst einmal runterkommen und nachher wieder hoch. Als ich drinnen war, musste ich unglücklicherweise feststellen, dass es um den Bestand an Lebensmitteln nicht gut stand. Ich fand nur Getränke, Lebensmitteldosen, Kartoffeln und Zwiebeln. Mit meinem Heißhunger putzte ich zwei rohe Zwiebeln weg. Der Hunger war gestillt. Der Appetit auch. Bereits beim Rausklettern war mir schlecht. Trotzdem schaffte ich es wieder raus und konnte das nächste halbe Jahr keine Zwiebel mehr anrühren.

Ähnliches erlebte ich Jahre später mit Heizöl. Eines Tages im Winter - es war bitterkalt - versagte unsere Ölheizung, und mein Vater würde erst am späten Abend nach Hause kommen. Ich musste die Familie retten. Im Heizraum stellte ich schnell fest, dass einer der beiden Heizöltanks leer war. Also musste ich das Heizöl von einem Heizöltank zum anderen umfüllen. Glücklicherweise fand ich einen Gummischlauch. Unglücklicherweise keinen durchsichtigen. Ich saugte also mit dem Mund das Heizöl an. Leider übermotiviert, so dass ich einen ordentlichen Schluck abbekam, mich vor Schreck mitsamt dem Heizöl verschluckte. Ich musste mich sofort übergeben. Gesamtwohl geht vor Eigenwohl. Die Familie konnte ich zwar retten, aber eine Woche lang musste ich aufstoßen. Und das mit einem so üblen Heizölgeschmack, dass mir jedes Mal wieder schlecht wurde. Beim puren Anblick von Tankstellen wurde mir schon übel. Selbst um das Benzinfeuerzeug meines Vaters auf dem Wohnzimmertisch machte ich einen großen Bogen.

2 | Weinfrage

Unlängst stand ich in der Kassenschlange eines Supermarktes bei uns an der Ecke Rotebühlstraße/ Schwabstraße. Viel hatte ich nicht auf das Band zu legen, so dass ich viel Zeit zum Umherschauen hatte. Vor mir wurde noch im Geldbeutel herumgekruschtelt und mit dicken Gleitsichtbrillengläsern versucht, die Centmünzen zu unterscheiden. Hinter mir stand ein Schwarzer. Schwarz nicht durch politische Gesinnung, wie man sie häufig im Ländle antrifft. Mit schwarzer Hand stellte er eine Flasche Wein auf das Band. Neugierig versuchte ich zu erkennen, um was für einen Wein es sich handelte und ob ich anhand des Weines auf seine Nationalität schließen könne. Ich tippte auf Südafrikaner oder Franzose. Nein, es war ein Württemberger. Respekt. Hundertprozentige Integration. So verschwinden Kulturen. Aber nein. Moment mal! Was ist das? Ein Schwarzriesling! Also doch noch ein Funke Restwiderstand und Individualität. Das ist Multikultur, wie ich sie liebe.

3 | Wursträdle

Unlängst stand ich in der Schlange unseres Kult-Metzgers im Stuttgarter Westen, gleich gegenüber unserem Kult-Bäcker. Beide sind so kultig, dass man meinen könnte, sie könnten sich häufiger und länger Betriebsferien als ihre Mitstreiter leisten. Hin und wieder gleichzeitig, was zu einem notstandsähnlichen Zustand im Stadtviertel führt und selbst eingefleischte Westler nötigt, auf Kult-Metzger und -Bäcker im Stuttgarter Osten auszuweichen. Globalisierung auf schwäbisch.

Bei meinem Kult-Metzger des Westens bin ich gerne. Hier fühle ich mich immer wie ein Promi. Nicht nur als Äffle & Pferdle-Autor, Synchronstimme und TV-Moderator. Denn seitdem ich vor Jahren bei der Bestellung eines Weihnachtsbratens meinen Namen preisgeben musste, hat es sich dieses Metzgereifachgeschäft zur Pflicht gemacht, mich bis zum Verlassen des Ladens durchschnittlich fünfmal mit meinem Namen anzusprechen. Anderen Bratenbestellern geht es natürlich genauso: »Guten Tag, Herr Volz! Send Sie's Nägschde, Herr Volz? Dürfet mir den Leberkäs warm macha, Herr Volz? Darf's sonschd no ebbes sei, Herr Volz? Noch einen schönen Tag, Herr Volz!«

Die Vermutung liegt sehr nahe, dass darüber Strichlisten geführt werden, um zu vermeiden, dass ein Kunde zu kurz kommt oder sich gar benachteiligt fühlt. Allerdings ist diese persönliche Ansprache einzig und allein das Privileg der Metzgerfamilie. Sprich Metzgermann, Metzgergattin und Metzgermutter, die Seniorchefin. Die unzähligen angestellten Metzgereifachverkäuferinnen sind außen vor. Ebenso gehört es hier zur guten Sitte, dass Kinder wie in den guten alten Zeiten, wie ich sie noch erleben durfte, eine Scheibe Wurst – in der Regel handelt es sich dabei um ein Rädle Lyoner – geschenkt bekommen. Ein Rentner, der dies mit hungrigem Blick verfolgte, fragte nach, bis zu welchem Alter man eine Wurst bekomme. »Nur bis sechs«, lautete die kurze, ernste Antwort der Juniorchefin.

»Könnte man da nicht über eine Sonderregelung für Personen ab 80 Jahren nachdenken?«, schlug der alte Mann weise vor.

»Vielleicht dann auch besser keine Wurst, sondern Gehacktes ...«, schob ich spontan hinterher.

Herr Volz wurde diesmal ebenso wie der kreative Rentner ignoriert. Hier war ich immer gerne. Herr Volz sollte vielleicht heiraten und den Namen seiner Frau annehmen.

4 | Tante Janice und das Kätzchen

Unlängst besuchte meine Schwippschwägerin Luana Mayer, geborene Bueno-Santos, wohnhaft in Stuttgart-Heslach, ihre Familie in Brasilien. Luana lebte bis vor einigen Jahren in ihrem Heimatland. Sie stammt aus einer großen jüdischen Familie europäischer Emigranten. Ihr Vater ist ursprünglich aus Sizilien, ihre Mutter aus Spanien. Die Eltern sind getrennt. Ihr Vater hat wieder geheiratet.

Nachdem sich alle schon lange nicht mehr gesehen hatten, gab es eine Menge zu erzählen. Es wäre aber auch nicht weniger geredet worden, wäre Luana nur mal kurz für fünf Minuten zum Zigarettenholen über die Straße gegangen. Das ist südamerikanisches Temperament. Während also heftig über Luanas Erlebnisse in Deutschland diskutiert wurde, saß Luanas Tante Janice allein auf der Terrasse im Schatten der Bäume. Zwischendurch schaute Luana dann auch mal nach ihr, die gerade liebevoll ein kleines graubraunes Fellknäuel streichelte.

Sie flüsterte ihrer Nichte zu: »Schau mal, was für ein süßes Kätzchen mir auf den Schoß gesprungen ist.«

»Tante – das ist kein Kätzchen!!!!!«, schrie Luana erschrocken. »Lass sofort die Ratte los … und trag endlich deine Kontaktlinsen!«

Und da regen wir in Stuttgart uns über Tauben auf.

5 | Mord an Matthes

Unlängst, an einem Sonntagvormittag, klingelte unser Telefon. Am anderen Ende war eine unbekannte Stimme. Diese gehörte, wie sich schnell herausstellte, Gabi, der Pflegetochter unserer knapp 80-jährigen Nachbarin Frau Matthes, die in der Wohnung direkt unter uns wohnte. Gabi hatte kein gutes Gefühl. Seit einigen Tagen konnte sie ihre Pflegemutter telefonisch nicht erreichen. Gabi zog alles ins Kalkül: Koma durch Unterzucker, Herzinfarkt, Hirnschlag bis hin zu Raubmord. Frau Matthes – Opfer eines Verbrechens?

Sibylle, meine Lebensgefährtin, und ich hatten Frau Matthes die letzten Tage weder gehört noch gesehen. Was aber noch nichts zu bedeuten hatte, denn Frau Matthes hatte einen ganz anderen Rhythmus. Ihrer Meinung nach liefen spätnachts die besten Sendungen im Fernsehen, und es sprach ja nichts dagegen, morgens etwas länger zu schlafen. Wir versprachen also Gabi, nach ihrer Pflegemutter zu schauen. Ich klopfte an ihre Wohnungstür. Klingelte lang und heftig. Rief mehrmals ihren Namen. Rannte runter zur Klingel an der Haustür. Diese ist bei Frau Matthes besonders laut, und das Klingeln erinnert an die Feueralarmübung in einer Grundschule. Keine Reaktion. Es war auch durch die Tür nichts in der Wohnung zu hören. Sie schien nicht da zu sein.

Nun gingen wir ums Haus herum, um vielleicht durch eines der Fenster etwas erkennen zu können. Sofort fiel uns auf, dass das Küchenfenster sperrangelweit offen stand. Dazu muss man wissen, dass Margarete Matthes ein überaus ängstlicher Typ war. Sie schloss immer ihre Wohnungstür und nachts sogar die Haustür zweimal ab. Laut ihrer Aussage wurde in der Zeppelinstraße schon mehrmals eingebrochen. Niemals würde sie ihre Wohnung mit schräg gestelltem oder gar geöffnetem Fenster verlassen. Frau Matthes hörte zwar schon etwas schlecht – oder nur noch das, was sie wollte –, war ansonsten aber topfit, nicht vergesslich und topaktuell über alle Ereignisse in der Nachbarschaft informiert. Ihre Informationsbeschaffung schreckte auch nicht vor regelmäßigen Blicken in die Papiertonnen zurück, in die sie fast hineinkletterte.

Sibylle wollte sofort die Feuerwehr beziehungsweise Polizei rufen. Ich hatte eine bessere Idee. Ich holte eine Leiter aus dem Keller und kletterte durch das Küchenfenster. In Frau Matthes' Küche war nichts Auffälliges. Ich ging durch den Flur vorbei am Schlafzimmer und vorbei am Esszimmer. Nichts! Wie immer verfolgten mich Hunderte von Kinderaugen aus der Sammlung von Frau Matthes' lebensgroßen Puppen – ähnlich dem Pariser Wachsfigurenkabinett von Madame Tussaud. Aus dem Wohnzimmer hörte ich Stimmen. Sie kamen aus dem Fernseher. Plötzlich sah ich in einem Spiegel den weit aufgerissenen Mund und den nach hinten gefallenen Kopf von Frau Matthes, die auf dem Sessel saß. Diese Szene erinnerte mich an den Film »Lang lebe Ned Devine«, in dem ein alter Mann bei der Nachricht über einen hohen Lottogewinn mit dem Lottoschein in der Hand vor dem Fernseher stirbt.

»Frau Matthes!«, entfuhr es mir laut.

Abrupt erweckte dieser Schrei Margarete Matthes wieder zu neuem Leben. Geistesgegenwärtig stellte die alte Dame sofort fest, dass sie wohl kurz eingeschlafen war und ich durch das Küchenfenster hereingeklettert sein musste. Wir legten den Hörer wieder richtig auf die Telefongabel. Frau Matthes versprach, ihre Pflegetochter Gabi zurückzurufen und uns für die Zukunft einen Ersatzwohnungsschlüssel zu überlassen.

6 | Friedhelm und Wilhelm

Vor Jahren gab es bei der Verwandtschaft in Brasilien Nachwuchs. Aleman – so werden annähernd alle großen, blonden und deutschstämmigen Männer in Brasilien genannt – und seine Frau waren bisher kinderlos geblieben. Dies sollte sich ändern, als Maria, ihr Hausmädchen, bemerkte, dass sie im fünften Monat schwanger war. Welch ein Unglück für sie! Sie war noch sehr jung und alleinstehend. Welch ein Glück für Aleman und seine Frau! Sehr schnell wurde man sich handelseinig: Gegen ein ordentliches Honorar für die junge Mutter wollten Aleman und seine Frau das Kind als ihr eigenes ausgeben.

Es kam zur Hausgeburt. Ein befreundeter Arzt entband einen gesunden kahlköpfigen Jungen. Und noch einen zweiten. Zwillinge. Aleman wurde einfach so zweifacher Vater. Die Jungs wurden sofort als Friedhelm und Wilhelm auf Alemans Familiennamen eingetragen. Selbstverständlich mussten es deutsche Namen sein, stammten Alemans Vorfahren doch aus der Stuttgarter Region, und Aleman liebt Stuttgart.

Noch in der gleichen Nacht verschwand Maria. Und mit jedem Tag wurden Friedhelm und Wilhelm dunkler und ihr Haar krauser. Bald wurde klar, dass Friedhelms und Wilhelms leiblicher Vater dunkelhäutig gewesen sein musste. Beide sind inzwischen rabenschwarz, fast zwei Meter groß, studieren und haben noch zwei Stiefschwestern bekommen. Annemarie und Rosemarie sind die leiblichen Kinder von Aleman und seiner Frau, blond und blauäugig. Lustig ist es immer, wenn Friedhelm und Wilhelm uns besuchen und sich unseren Bekannten vorstellen.

7 | Wahlparty mit Janice

Unlängst war Janice, Luanas Tante in Brasilien, auf einer Wahlparty eines Abgeordneten im Ballsaal eines teuren Luxushotels eingeladen. Sie holte dafür ihre beste Garderobe heraus, die ihr Kleiderschrank hergab. Die Haare wurden, dem Ereignis gebührend, stundenlang gestylt, und das aufregendste Make-up wurde aufgelegt. Nur die Kontaktlinsen blieben wie immer zu Hause. Und zwar aus Eitelkeit. Nicht der Optik wegen, aber es wäre ein Zugeständnis an das fortschreitende Alter gewesen. Hierin waren sie und ihre Schwester Jolanda sich einig, obwohl beide ohne ihre Kontaktlinsen blind wie zwei Maulwürfe waren.

Angekommen auf der Party bemerkte Janice sehr schnell, dass aus der Menge heraus ein Mann sie freundlich anlächelte. Erfreut und geschmeichelt lächelte Janice zurück. Egal, wohin sie sich auf der Party bewegte, überall verfolgten sie das Lächeln und der Blick dieses Mannes. Bald lächelte Janice nur noch aus Etikette zurück. Irgendwann ging sie zur Toilette und überprüfte mit der Nase am Spiegel, ob an Garderobe, Frisur oder Make-up vielleicht irgendwas nicht stimmte. Soweit sie es erkennen konnte, war alles in Ordnung. Selbstbewusst ging Janice wieder auf die Party zurück. Und wieder war da dieses Lächeln des Mannes. Als es ihr nach einer weiteren Stunde zu viel wurde, platzte ihr der Kragen und sie beschwerte sich empört und ihrem Temperament entsprechend beim Personal.

»Wer ist dieser schwachsinnige Idiot, der mich die ganze Zeit so unverschämt angrinst? Was will der Affe von mir?«

»Das tut mir leid. Das ist der Abgeordnete und Kandidat. Der Gastgeber dieser Party«, antwortete der Mann vom Service. »Aber wenn Sie das stört, hängen wir die Wahlplakate selbstverständlich ab ...«

An Janice muss ich immer denken, wenn ich vor Wahlen durch Stuttgart fahre und mich alle paar Meter grinsende Plakatgesichter anstarren.

8 | Reis und Kaviar

Unlängst schlenderten zwei meiner Bekannten, Nathalie aus Weißrussland und Iy aus Shanghai, über die Einkaufsmeile der Neckarmetropole, die Königstraße. Beide hatten sich in einem Deutschkurs in Stuttgart kennengelernt. Da Nathalies großes Konsumentenherz vor jedem Schaufenster zwangsläufig stehen bleiben musste und Iy eher der schwäbisch-sparsame Typ ist, verloren die beiden sich bald aus den Augen.

Plötzlich klingelte Iys Telefon. Am Apparat war Nathalie. »Iiiiiiiiiiyyyy!!! Wo steckst du? Ich rufe schon seit fünf Minuten deinen Namen, und eine Menge Leute stehen um mich rum, schauen mich irritiert an und fragen, wovor ich erschrocken bin ...«

»Sei doch froh, dass ich nicht Ah heiße, sonst hätten sie dich wohl schon ins Krankenhaus gebracht«, antwortete Iy mit der jahrtausendealten Weisheit und Gelassenheit der Asiaten.

Die beiden trafen sich dann in einem Stuttgarter Straßencafé am Karlsplatz auf der Planie zu einer Flasche Champagner. Plötzlich bemerkte Nathalie mit großem Entsetzen, dass ihre Handtasche samt Geldbeutel und Handy von der Stuhllehne gestohlen worden war. Der Dieb war nicht mehr in Sichtweite. Beide waren außer sich.

»So kommt uns der nicht davon!«, schimpfte Iy laut, ergriff ihr Handy und wählte über die Adressliste Nathalies Nummer. Am anderen Ende meldete sich eine Männerstimme mit »Hallo?!«. Sofort beschimpfte Iy ihn mit den schlimmsten Kraftausdrücken, die sie sicher nicht im Deutschunterricht gelernt haben konnte. Nach einer Salve von heftigen persönlichen Beleidigungen legte sie mit großer Genugtuung auf.

Einen Moment später klingelte Iys Mobiltelefon. Sie schaute auf das Display. »Du glaubst es nicht, der Gauner traut sich auch noch, mit deinem Telefon zurückzurufen!«, sagte sie zu Nathalie und nahm das Gespräch an. »Ja, was ist noch?!«

»Iy?«

»Woher kennst du meinen Namen, Arschloch?«

»Iy, ich bin's, Bernhard – Nathalies Mann. Ich rufe zurück, du hast mich gerade auf unserem Festnetz angerufen ...«

9 | Der kleine Stefan und das große Wunder

Unlängst bekam ich auf der Beerdigung meiner Mutter – mein Vater war fünf Jahre zuvor gestorben – wieder Kontakt zu meinem Cousin Frank aus Ravensburg. Wir hatten uns seit ungefähr vierzig Jahren nicht mehr gesehen. Frank ist ein paar Jahre älter als ich und hat drei Söhne. Den jüngsten nennen wir den kleinen Stefan, weil Sibylles Bruder auch Stefan heißt. Jedenfalls machte dieser ein einjähriges Praktikum in Vaihingen. Für die erste Zeit wohnte er bei uns im Stuttgarter Westen, von dort aus wollte er sich eine WG suchen. Es sollte näher bei seinem Praktikumsplatz liegen oder zumindest eine bessere öffentliche Anbindung haben. Er stellte sich über Wochen in verschiedenen WGs vor. Nichts wollte so richtig passen, oder er bekam Absagen.

Eines Tages erzählte er uns, dass er sich für ein Zimmer in Stuttgart-Rohr bewerben möchte, und wollte wissen, ob wir Rohr kennen würden.

»Oje, das kenne ich gut, da lebte mein Vater, bis er 2001 nach Venezuela auswanderte. Rohr hat zwar einen S-Bahn-Anschluss, ist aber ansonsten für meinen Geschmack hässlich und langweilig«, erzählte ich ihm.

Er schaute sich das Zimmer trotzdem an und berichtete uns am Abend, dass es und die Wohnung schön und die Mitbewohner nett seien. Und das Allerbeste sei, dass die Wohnung nur ein paar Häuser von der S-Bahn-Haltestelle entfernt liege.

»Wie viele Häuser entfernt?«, fragte ich ihn.

So genau wusste er es nicht. »Zwei oder drei.«

»Wie heißt denn die Straße?«, fragte ich weiter. Es war die Straße, in der mein Vater gelebt hatte. »Und die Hausnummer?« Es war auch die gleiche Hausnummer.

»Welche Etage und welche Wohnung ist es da?« Das wusste er nicht mehr.

Das kann kein Zufall sein. Das ist Schicksal. Ich war mir sicher, dass er das Zimmer in diesem Haus bekommen würde. Ein paar Tage später hatte er bereits die Zusage. Genau in der Woche, in der mein Vater seinen 75. Geburtstag gehabt hätte. Sieben Jahre nach seinem Tod – er war in Venezuela einem Verbrechen zum Opfer gefallen.

Der kleine Stefan zog in die WG ein. Sibylle und ich versprachen ihm, ihn bald besuchen zu kommen. Wir waren natürlich neugierig. Mir fiel ein, dass mein Vater im Keller seiner damaligen Wohnung eine Werkstatt hatte. In dieser hing ein weißer Hängeschrank mit vielen Aufklebern. Den hatten wir bereits in Filderstadt in den Siebzigern, vor der Scheidung meiner Eltern, gehabt. Der kleine Stefan bestätigte, dass so ein Schrank im Keller hänge. Jetzt konnte uns nichts mehr aufhalten.

Noch am gleichen Abend waren wir beim kleinen Stefan. Als Allererstes gingen wir in den Keller. Da hing er, der Schrank meiner Kindheit mit »Axel Frischmilch«-, »Trimm Dich«-, »Attila Karate«- und vielen anderen Aufklebern, an die ich mich alle noch sehr gut erinnern konnte. 1975 hatte ich den »Attila-Karate«-Aufkleber zu meiner ersten bestandenen Gürtelprüfung erhalten. Stolz klebte ihn mein Vater damals an eine prominente Stelle auf den Schrank. Anschließend gingen wir zur Wohnung hinauf. Dabei blieb uns fast die Luft weg. Es war die Etage. Es war die Wohnung links. Mein Vater und seine zweite Frau schliefen getrennt. Der kleine Stefan hatte innerhalb der WG das Zimmer meines Vaters bekommen. Und das Bett des kleinen Stefan stand genau an der Stelle, an der mein Vater sein Bett stehen hatte.

Auf dieses setzten wir uns an diesem Abend und schauten gemeinsam Fußball. So hätte es mein Vater auch gemacht.

10 | Jolanda und ihr Handy

Unlängst saß Jolanda, die Mutter meiner Schwippschwägerin Luana, in Porto Alegre in Brasilien in einer Bar, als plötzlich und unerwartet ihr Handy klingelte. Sie griff hastig in ihre Tasche und klappte es auf.

»Hallo ... Hallo! ... Hallo!! Verdammt noch mal, ich hasse es, wenn jemand anruft und dann nichts sagt. Idiot!!!!«

Wutentbrannt wollte sie ihr Telefon wieder zuklappen und in die Handtasche feuern. Dabei bemerkte sie, dass sie ihre Puderdose in der Hand hielt. Vielleicht sollte sie doch ihre Kontaktlinsen häufiger einsetzen.

Jolanda stand auf Kriegsfuß mit ihrem Handy. Ein anderes Mal stand sie aufgeregt in ihrem Wohnzimmer und versuchte, damit ihren Arzt wegen eines Rezeptes anzurufen. Permanent war besetzt. Und bei jedem Versuch, bei dem sie das Besetztzeichen hörte, schimpfte sie mehr. Immer aggressiver hämmerte sie auf die Kurzwahltaste ein, unter der ihr Arzt gespeichert war. Endlich dann ein Freizeichen. Doch im gleichen Moment klingelte ihr Telefon im Schlafzimmer.

»So ein Mist. Gerade jetzt, wo ich eine Verbindung habe. Lucina, geh du ran!«, schimpfte sie zu ihrer Haushälterin, die die ganze Zeit neben ihr stehen musste, um Zeugin dieses Dramas zu sein. Lucina rannte ins Schlafzimmer.

Jolanda schimpfte ins Telefon: »Hier ist Jolanda Bueno Santos. Was ist mit meinem Rezept?! Endlich komme ich bei Ihnen mal durch!«

»Frau Bueno Santos?«, meldete sich ein leises, schüchternes Stimmchen.

»Ja!«

»Hier ist Lucina«

»Wieso Lucina ...?«

»Sie haben im Schlafzimmer angerufen ...«

Erst viel, viel später gestand sich Jolanda selbst ein, beim letzten Versuch möglicherweise die falsche Kurzwahltaste erwischt zu haben.

Jolanda ist einfach nicht für Handys geboren. Permanent gibt es Stress. Und bei ihrem Temperament wird es dabei ziemlich laut. Wenn sie bei uns zu Besuch ist, vermeiden wir dies, indem wir ihr Ladekabel verstecken. Wir Stuttgarter lieben die Ruhe im Kessel.

11 | Böses Erwachen

In den späten wilden Sechzigern, an einem Sonntagmorgen, erwachte David, Verwandter und enger Freund, damals ein junger Student, mit einem schlechten Geschmack im Mund und Kopfschmerzen. Er lag in seinem Bett in seiner Wohnung im Stuttgarter Süden, in voller Montur samt Schuhen. Der erste Griff morgens galt immer seiner Brille, ohne die er so gut wie nichts sah und die immer auf dem kleinen Nachttisch neben dem Bett lag. An diesem Morgen aber nicht. Er tastete sich ins Wohnzimmer und nahm seine Ersatzbrille. Beim besten Willen konnte er sich nicht mehr erinnern, wie er nach Hause gekommen war. Das Letzte, woran er sich noch erinnern konnte, war, dass er am Abend zuvor mit seinem alten Käfer zur Tangente – einer Kneipe nahe der Liederhalle – gefahren war. Er hatte Liebeskummer, und um diesen zu vergessen, bestellte er sich ein Bier und noch eins ... Mehr wusste er nicht mehr.

An besagtem Sonntagmorgen duschte David und zog sich was Frisches an, denn er wollte zum Frühschoppen und Kartenspielen in eine Studenten-WG in den Stuttgarter Westen gehen. So wie jeden Sonntagmorgen. Das war schon Tradition.

Als er sich zum Kartenspielen hinsetzte, legte plötzlich Karin – eine Mitstudentin – seine Brille vor ihn auf den Tisch. Mit großen, rot unterlaufenen Augen und offenem Mund starrte David Karin an.

»Wie kommst du zu meiner Brille?«

Die beiden verzogen sich in die Küche, in der sie ungestört waren, und da legte Karin los: Mitten in der Nacht hatte es bei ihr geklingelt. Vor ihr stand ein schwankender David. Dieser fragte, ob er reinkommen dürfe, er habe Hunger. Wenig begeistert ließ sie ihn rein und machte ihm in der Küche ein Wurstbrot. Als sie damit in ihr WG-Zimmer kam, lag David schon splitternackt in ihrem Bett.

»Zuerst will ich das Wurstbrot und dann dich!«, hat er gesagt.

Das nahm Karin aber nicht ernst, da David schon einen sehr müden Eindruck machte. Als er, nachdem er das Wurstbrot aufgegessen hatte, auch sofort eingeschlafen war, legte sich Karin zu ihm ins Bett. Dabei erwachte David zu neuem Leben und wurde aufdringlich. Karin war das zu viel, und sie schickte ihn nach Hause. Brav zog sich David daraufhin an und ging stillschweigend.

Bis heute ist es ungeklärt, wie David ohne Brille Auto fahren und, zu Hause angekommen, tadellos einparken konnte. In den Sechzigern war man halt einfach lockerer.

12 | Schwabstraße 47

Unlängst wohnten meine Lebensgefährtin Sibylle und ich in einem alten Mehrfamilienhaus aus dem Jahr 1898 in der Schwabstraße des Stuttgarter Westens. Zuvor hatte Sibylle mit ihrer besten Freundin Colette hier gewohnt. Die Wohnung darüber teilten sich zwei junge Männer. Der eine arbeitete tagsüber, der andere nachts. Zumindest einer davon in der Gastronomie. Vielleicht hatten sie auch nur einen Job und ein Bett und teilten sich beides. Man sah sie selten und nie gemeinsam. Nur manchmal war von oben ein leises Niesen zu hören. Bei den beiden handelte sich um Eigentümer und Untermieter. Der Untermieter bezahlte 800 DM für ein Zimmer. Die gleiche Miete bezahlten wir für die komplette gleich geschnittene Wohnung unter ihnen. Volker, der Eigentümer, war passionierter Hobby-Bastler und Hobby-Innenarchitekt. Mit Unmengen an grau meliertem Teppichboden dekorierte er außer dem Boden auch die Wände bis zur Höhe von einem Meter sowie die Blumenkübel. Auf Letztere war er besonders stolz; sie waren überall in der Wohnung verteilt und gingen eine Symbiose mit dem Boden ein. Insgeheim erhoffte er sich für diese Erfindung ein Patent. Er war sich auch sicher, eines Tages mit diesem Design-Highlight eine Bilderstrecke in der Wohnzeitschrift ELLE Decoration zu bekommen.

In der Wohnung unter uns wohnte Herr Eiberger. Herr Eiberger war damals schon dreiundneunzig Jahre alt, und an den Geräuschen aus seinem Fernseher konnten wir hören, wenn er zu Hause war. Im Winter ging Herr Eiberger einmal, im Sommer zweimal zu Fuß ins vier Kilometer entfernte Heslacher Hallenbad. Herr Eiberger hatte nämlich weder eine

Badewanne noch eine Dusche in seiner Wohnung. Er war seit ein paar Jahren Witwer. Seine Frau und er hatten sich in jungen Jahren im Sportverein beim Schwimmen kennengelernt. Als seine Frau noch lebte, gab es häufig Streit, wenn Herr Eiberger sich nach Fusseln auf dem Teppich bückte. Aber Herr Eiberger war von Beruf Schriftsetzer gewesen, und die sind und bleiben nun mal genau, erklärte er uns.

Frau Eiberger war gelernte Wäschemeisterin und nahm auch für sich in Anspruch, sehr ordentlich zu sein. Und jedes Bücken ihres Mannes war für sie ein Vorwurf. Sibylle durfte einmal von der Wohnungstür aus einen Blick auf Eibergers Betten werfen und war sehr beeindruckt von den frisch gestärkten, enorm großen, weißen Kissen und den akkurat glatt gezogenen, ebenfalls weißen Bettdecken, und da hatte Frau Eiberger ihr erklärt, wie stolz sie darauf war, Wäschemeisterin gewesen zu sein.

Herr Eiberger bezeichnete seine Frau gerne als einen »Gassenengel«. Zunächst dachten wir, das sei etwas Nettes. Herr Eiberger klärte uns aber darüber auf, dass dies bedeutete, dass sie nur außerhalb der eigenen Wohnung nett sei. Damit konnte er den Ausdruck »Hausdrachen« umgehen.

Nach dem Tod seiner Frau konnte Herr Eiberger endlich ungeniert tun und lassen, was er wollte. Samstags zog er sich die weiße Rüschenküchenschürze seiner verstorbenen Frau über und kochte leidenschaftlich gerne seinen Sonntagsbraten für den nächsten Tag. Nach Fusseln bückte er sich inzwischen, wann immer er wollte. Auf der Treppe ließ uns Herr Eiberger immer vorbei, wobei er selbst mit Einkaufstüten noch sehr schnell die dritte Etage bis zu seiner Wohnung bezwang. Jedes Mal betonte er dabei, dass er älter sei als Sibylle und ich zusammen. Jedes Mal rechnete ich nach. Aber Schriftsetzer sind da genau. Ebenso genau war Herr Eiberger beim Bohnern seines Treppenhausteils. Hier herrschte das ganze Jahr über akute Rutschgefahr. Glücklicherweise bestand diese Gefahr nur im dritten Stock. Denn außer Herrn Eiberger – in der Küchenschürze seiner Frau – sah man nie andere Hausbewohner beim Bohnern im Treppenhaus. Herr Eiberger hatte übrigens einen Sohn, den er regelmäßig im Altersheim besuchte.

Unter Herrn Eiberger wohnte Frau Reyer. Sie war Anfang siebzig und auch seit vielen Jahren verwitwet. Frau Reyer hatte ebenfalls einen Sohn, der sie schon seit Langem in ein Altersheim stecken wollte. Gelegentlich ließ er sich bei ihr blicken, half ihr beim Einkaufen im zwei Häuser entfernten Supermarkt und trug ihr die Plastiktüten in den ersten Stock sowie selbst einen mehrfarbigen Kunststoff-Trainingsanzug und eine Goldkette. Aber meistens war Frau Reyer allein. Dann kaufte sie sich nur ein Bier oder einen Piccolo für den Abend. Sie war so oft allein, dass sie im Treppenhaus oder auf der Straße jede Gelegenheit samt Unterarm des Gegenübers krallenartig ergriff, um ein Gespräch mit den Worten »Da muss ich Ihnen was erzählen …« zu beginnen oder um über die Straße geführt zu werden.

Eines Tages sah Frau Reyer schlimm zugerichtet aus. Sie hatte ein blaues Auge, Kratzspuren im Gesicht und eine Zahnlücke im Gebiss. Beim Aussteigen aus einem Taxi war sie auf den Gehweg gefallen. Der Taxifahrer fuhr weg, ohne ihr zu helfen, erzählte sie uns.

Als Sibylle und Colette noch in der Wohnung gewohnt hatten, verpassten sie einmal den Termin für die Abholung der Gelben Säcke. Colette stellte deshalb einen Tag später den Gelben Sack neben die Mülltonnen im Hof. Dabei wurde sie von Frau Reyer vom Balkon aus beobachtet und gerügt.

»Da gehört der aber nicht hin!«

»Gut, dass ich Sie gerade sehe, ich muss sowieso mit Ihnen reden!«, konterte Colette, die jetzt die Hände in die Hüften gestemmt hatte, und ergänzte: »Ich komme gleich mal hoch zu Ihnen!«

Sie beschuldigte Frau Reyer, das Gerücht in Umlauf gebracht zu haben, dass bei Sibylle und ihr ständig große, schwarze Männer ein und aus gehen würden. Augenblicklich wurde es für Frau Reyer lebensgefährlich. Sie brachte noch einen Satz heraus: »Das war ich nicht ...«, fasste sich dabei ans Herz und japste jämmerlich nach Luft. In diesem Moment zog Sibylle Colette weg, denn sie hatte zufällig vor wenigen Tagen erfahren, dass Frau Reyer wegen ihres schwachen Herzens einen Herzschrittmacher trug. Frau Reyer erholte sich rasch wieder, und das war gut so. Es hätte sonst ein unschuldiges Leben gekostet, wie sich später noch herausstellen sollte.

Die Übeltäterin war nämlich Frau Hanos-Avenavius aus dem ersten Stock. Frau Hanos-Avenavius war Ende fünfzig, ihr Mann war Grieche. Ihn sah ich nur gelegentlich in der Getränkeabteilung im nahe gelegenen Supermarkt. Als sich einmal im Hof statt einem erlaubten Auto verbotenerweise drei Autos inklusive dem meinen befanden, passte sie mich auf der Treppe ab und fragte mich, ob ich dazu was zu sagen hätte. Ich log mit einem kurzen »Nein!«. Ihr Mann, der Grieche, rede auch wenig, meinte ich. Zwanzig Worte am Tag, teilte sie mir daraufhin mit. Dafür rede sie zu viel, sage ihr Mann immer. Womit er einen Großteil seines Tagespensums bereits erfüllt hatte.

Ein Bekannter von Frau Hanos-Avenavius, der sie häufig besuchte, ab und zu auch dort übernachtete und deutlich mehr redete als ihr Mann, machte regelmäßig für sie und Frau Reyer die Kehrwoche. Von Frau Hanos-Avenavius bekam er dafür seine

Wäsche gewaschen oder etwas zu essen. Eines Tages wurde Frau Hanos-Avenavius' mir namentlich nicht bekannter Bekannter vom Türken aus dem Import/Export-Laden im Nachbarhaus wegen wiederholten Urinierens im Hof bei der Polizei um die Ecke angezeigt. Der Bekannte von Frau Hanos-Avenavius bemerkte bauernschlau, dass er es ja gar nicht gewesen sein könne, da er ja schließlich die Kehrwoche machen müsse. Er wollte sich das nicht gefallen lassen und ebenfalls zur Polizei gehen. Oder den Türken verprügeln. Oder auch beides. Das wusste er zu diesem Zeitpunkt aber noch nicht so genau. Jedenfalls wurde seitdem niemand mehr beim Urinieren im Hof erwischt, und es wurden auch keine Uringerüche mehr wahrgenommen. Gerüchten und Nichtgerüchen zufolge soll der Bekannte von Frau Hanos-Avenavius nach diesem Vorfall auch seinen eigenen Schlüssel für die Toilette beziehungsweise Wohnung von Frau Hanos-Avenavius erhalten haben.

Als wir auszogen, schlugen wir der siebzigjährigen Hauseigentümerin Frau Schock einen Nachmieter vor: Detlef, einen jungen, ungewöhnlich ordentlichen und ambitionierten Wissenschaftler aus unserem Bekanntenkreis. Martha Schock wollte aber unbedingt einen weiblichen Mieter. Frauen seien ordentlicher. Frau Schock hatte selbst einen Sohn. Den sah ich immer nur im Trainingsanzug, wenn er wegen kleiner Reparaturen ins Haus kam. Meistens verschlimmerte Schock Junior dabei die Situation dermaßen, dass wir schnell einen Handwerker kommen lassen mussten. Ich wollte ihn schon gar nicht mehr in die Wohnung lassen. Nur selten gelang es mir, Frau Schock im Vorfeld davon zu überzeugen, nicht ihren Sohn, sondern gleich einen Fachmann zu schicken. Dabei appellierte ich jedes Mal an ihren Geldbeutel.

Frau Schock vermietete schlussendlich an zwei junge Studentinnen, die mit einem Zettel im Briefkasten auf sich aufmerksam gemacht hatten. Da ihr Einzug sich mit unserem Auszug eine Woche überschnitt, konnten wir einen guten ersten Eindruck von den beiden bekommen und waren uns sicher, dass Frau Schock mit ihnen noch ihre helle Freude bezüglich weiblichen Ordnungssinns bekommen und ihr Name Programm werden würde.

13 | Marcello und die Weihnachtsgeschenke

Ich liebe alle vier Jahreszeiten in Stuttgart. Vor allem liebe ich unseren angenehmen kühlen Winter, auch wenn ich mir mehr Schnee in Stuttgart wünschen würde. Und ich weiß, warum: Juarez, der Vater meiner brasilianischen Schwippschwägerin Luana, jüdischer Brasilianer sizilianischer Herkunft, wollte mit seiner zweiten Frau Christina und ihren drei Söhnen aus erster Ehe, allesamt Katholiken, bei Christinas Verwandten Weihnachten feiern. Christinas Verwandte wohnten zwar ebenfalls in Brasilien, allerdings mehr als 700 Kilometer entfernt.
Vor der Abfahrt warf Juarez auf Geheiß seiner Frau, die wieder mal nicht rechtzeitig fertig wurde, noch den Abfall in den Müllschlucker und versteckte den Sack mit den Weihnachtsgeschenken für die Kinder im Auto.

Wie immer gab es erst einmal Streit unter den drei Jungen, wer auf der Rücksitzbank wo sitzen durfte. Bei anderen Familien sind die Fensterplätze die begehrten Plätze. Nicht so in diesem Fall. Denn Marcello, der Jüngste, übergab sich regelmäßig beim Autofahren. Mittlerweile bekam er deswegen schon am Vorabend der Fahrt nichts mehr zu essen. Trotzdem wollte keiner seiner Brüder neben ihm sitzen. Bei einer der letzten mehrstündigen Fahrten - Marcello saß gerechterweise in der Mitte zwischen seinen Brüdern - konnte Marcello es bereits nach einer halben Stunde auf der Autobahn nicht mehr länger verbergen, kurz vor der Fahrt unbemerkt ein komplettes Kistchen Erdbeeren weggeputzt zu haben. Es war eine mittelgroße Katastrophe bei über 40 Grad Außentemperatur. Seit diesem Tag konnte keiner der Familie mehr Erdbeeren riechen, sehen oder gar essen.

Diesmal musste Marcello wieder in der Mitte sitzen, um keinen der Brüder zu benachteiligen. Nach ungefähr 200 Kilometern machte sich dann doch ein unangenehmer Geruch im Fahrzeug breit. Die Außentemperatur lag wieder über 40 Grad Celsius. Da lobe ich mir doch Stuttgart, selbst im Kessel werden die 34 Grad selten überschritten. Marcellos Brüder auf dem Rücksitz begannen schon zu heulen. Die Eltern starrten verängstigt auf den Jüngsten.

»Marcello, alles okay bei dir?«, fragte ihn Christina.

»Ja«, antwortete Marcello. »Aber wenn das hier weiter so stinkt, muss ich mich bestimmt bald übergeben. Hat Papa ein Tier überfahren, das noch unter dem Auto hängt?«

Juarez fuhr bei der nächsten Gelegenheit rechts ran, und die komplette Familie umkreiste mehrmals den Wagen, um ihn zu inspizieren. Nichts war zu sehen. Juarez legte sich sogar unter das Auto. Auch da war nichts Auffälliges zu entdecken. Die Familie folgte der Nase. Der Geruch schien von hinten aus dem Kofferraum zu kommen. Beim Öffnen der Heckklappe wurde allen sofort klar, dass Juarez die Säcke mit den Geschenken und dem Müll verwechselt hatte. Jetzt plärrten alle drei Jungs. Schnell wurde der Müllsack auf einem Parkplatz entsorgt und die Rückreise zur Rettung der Geschenke angetreten.

Glücklicherweise konnten zwei Stunden später die Geschenke aus dem Müllschlucker unversehrt sichergestellt, dem Geheul auf der Rückbank ein Ende gesetzt und ein zweiter Anlauf gestartet werden. Diesmal musste sich Marcello nicht auf der Fahrt übergeben. Er schlief ebenso wie seine zwei Brüder, vom Psycho-Stress ermattet, die komplette Fahrt durch. Es wurde noch ein schönes Weihnachtsfest – trotz einiger Verspätung.

14 | Rolfs letzte Zigarette

Unlängst war es mal wieder so weit. Mein alter Freund und Arbeitskollege Rolf wollte zum soundsovielten Male mit dem Rauchen aufhören. Immerhin konnte er schon auf mehrere Teilerfolge von bis zu einem Jahr Zigarettenfreiheit zurückblicken.

Die Entscheidung fiel diesmal an einem Morgen, an dem Rolf eine Zigarette nach dem Kaffee genießen wollte. Dazu ging er vor die Haustür und genoss den Blick über die Filderebene. Mit einem schnellen Küsschen verabschiedete sich seine Frau Birgit von ihm und ging zum Reiten. Rolf rauchte gemütlich seine Zigarette fertig und wollte wieder ins Haus zurück. Allerdings war die Tür geschlossen. Rolf als überzeugter Nacktschläfer steckte in Birgits viel zu kleinem gelbem Bademantel und in viel zu kleinen rosa Hauspantoffeln, aber einen Schlüssel hatte er nicht. Zudem war es Winter. Keiner dieser ganz harten Winter, aber es war ja noch früh am Morgen, und es mochte nicht mehr als ein paar Plusgrade haben. Rolfs einzige Chance war das Nachbarhaus. Nach gefühlten zehn Minuten gesunden Fußmarschs erreichte er es. Rolf und Birgit wohnen nämlich auf dem Land. Rolf hatte Glück! Nach mehrmaligem Klingeln öffnete die Nachbarin. Sie ließ ihn nach einem ersten Schreck herein.

Rolf hatte die Idee, Birgit auf ihrem Handy anzurufen, bemerkte aber sehr schnell, dass er ihre Nummer nicht auswendig kannte. Auch die Auskunft konnte ihm hierbei nicht helfen. Plan B war, Birgit im Stall aufzusuchen. Rolfs Nachbarin fuhr ihn freundlicherweise in den Nachbarort. Als Rolf vor dem Stall aus dem Auto stieg, kamen gerade Birgit und eine

Horde junger Frauen aus dem Stall. Das Gekichere war groß. Nur Birgit blieb peinlich berührt ernst. Für Rolf war jetzt endgültig Schluss mit der Raucherei.

Ich glaube aber, dass er inzwischen wieder raucht. Womöglich steht er gerade vor seiner Haustür. Birgit hat inzwischen jedenfalls den Reitstall gewechselt.

15 | Hannes und die Porscheteile

Unlängst musste ich meinen Porsche wegen einer Kleinigkeit zur Werkstatt nach Feuerbach bringen. Dabei fielen mir Sibylles und mein Plattenspieler ein, die beide seit ewigen Zeiten kaputt waren und die ich schon längst mal zur Reparatur bringen wollte. Kurz entschlossen legte ich also einen Werkstatt-Tag ein: In einem Aufwasch packte ich die zwei Plattenspieler auf den Beifahrersitz und brachte sie als Allererstes zu Lupos Rock-Shop. Lupos Rock-Shop ist im Stuttgarter Westen eine Institution. Lupo heißt eigentlich Wolfgang. Aber Wolfgang ist für einen Rockmusiker uncool. Lupo verkauft und repariert, wenn er gerade keine Musik macht, Gitarren. Aber auch Plattenspieler und alles, was mit Musik zusammenhängt.

Darauf fuhr ich weiter zur Porsche-Werkstatt in Stuttgart-Feuerbach, ließ mein Auto dort stehen und fuhr mit den Öffentlichen wieder nach Hause. Zwei Tage später konnte ich meinen Porsche wieder aus der Werkstatt abholen. Die Plattenspieler brauchten länger. Sibylles war zwar schon fertig, aber bei meinem gab es wohl noch Probleme mit den Ersatzteilen. Ein paar Tage später entdeckte ich unter dem Fahrersitz ein Metallteil. Es sah wie ein Teil von einem Werkzeug aus. Es war klein, schwer für seine Größe, verchromt, zylindrisch mit einem Loch in der Mitte und einem Gewinde. Ich fuhr zur Porsche-Werkstatt und zeigte es dem Seniorchef. Er meinte, dieses Teil gehöre weder zu meinem Auto noch zu seinem Werkzeug. Ich könne es zur Erinnerung aufbewahren oder genauso gut wegwerfen. Ich entschied mich für Letzteres und warf es in die große Abfalltonne, die hinten in der Werkstatt stand.

Einige Tage später holte ich die zwei Plattenspieler von der Reparatur ab. Zu Hause angekommen, testete ich sie sofort. Sibylles Plattenspieler funktionierte wieder ordentlich, meiner hatte Probleme mit dem Tonarm. Ich rief gleich bei Lupos Rock-Shop an. Lupo schlug vor, ich solle doch den Plattenspieler noch einmal vorbeibringen. Vor Ort erinnerte sich Lupo dann wieder, dass es ihm bei der Reparatur auch schon etwas spanisch vorgekommen sei. Gemeinsam untersuchten wir das Gerät. Dieses war mit seinem Alter von über zwanzig Jahren kein gängiges Modell mehr. Lupo kam schließlich auf die Idee, dass an den Tonarm vielleicht ein Gewicht gehöre. »Wie müsste dieses denn aussehen?«, fragte ich ihn. Das wusste er auch nicht genau, und wir recherchierten im Internet. Ich hatte zu diesem Zeitpunkt bereits eine Vermutung. Auf eBay fanden wir unter »Verkäufe« mein Plattenspieler-Modell. Tatsächlich befand sich bei diesem Plattenspieler am Ende des Tonarms ein Gewicht. Ich erkannte es sofort wieder und hatte es plötzlich sehr eilig, verabschiedete mich sehr schnell von Lupo unter dem Vorwand, dass mir das Teil bekannt vorkomme und ich daheim mal nachschauen wolle. Vielleicht liege es ja noch im Regal meiner Stereoanlage. Weitere Peinlichkeiten wollte ich mir ersparen.

Auf dem schnellsten Weg fuhr ich jedoch zur Porsche-Werkstatt. Jede Minute zählte. Die Abfalltonne war zum Glück noch nicht geleert worden, unglücklicherweise inzwischen aber randvoll. Ich erinnerte Oli, den Juniorchef, an unser Gespräch von voriger Woche bezüglich des gefundenen Teils. Ich wollte mich gleich und voller Optimismus über die Tonne hermachen. Oli bremste mich aber, und Hannes, der Auszubildende im Blaumann, wurde zu dieser unappetitlichen Arbeit verdonnert. Neben Hannes stehend musste ich mit ansehen, wie er mit bloßen Händen alte Bananenschalen, gebrauchte Kaffeefilter, Milchtüten, Joghurtbecher und ähnlich Unappetitliches ans Tageslicht beförderte. Die Tonne wurde immer leerer, der Werkstattboden immer voller und ekliger, doch das Teil wollte nicht auftauchen. Plötzlich, am Boden der Tonne angekommen, hielt Hannes – inzwischen mit komplett hochgekrempelten Ärmeln – das verlorene Teil stolz in die Höhe. Meine Freude war groß, Hannes' Trinkgeld großzügig. Tatsächlich gehörte das Gewicht an den Tonarm meines Plattenspielers. Den Plattenspieler hat inzwischen einer meiner Neffen bekommen, und er funktioniert bis zum heutigen Tage tadellos.

Ein anderes Mal bemerkten Sibylle und ich während eines Ungarn-Urlaubs ein Klappern am Fahrzeug. Den kompletten Urlaub über rätselten wir, ob das Klappern von vorne oder hinten käme. Auf der Rückreise hatten wir uns längst daran gewöhnt. Urplötzlich – auf der Zielgeraden zu unserem Haus am Kräherwald – verstummte das Geräusch. Sibylle und ich schauten uns mit großen Augen an. Wir meinten beide, ein metallenes Scheppern auf der Straße gehört zu haben. Ich fuhr rechts ran. Sibylle und ich liefen ungefähr hundert Meter zurück und suchten die Straße nach etwas Metallenem ab. Auf der Straße lag einiges. Aber nur ein kleines undefinierbares Metallteil. Auf Verdacht hin nahmen wir dieses Metallteil mit.

Am nächsten Tag erzählte ich in der Porsche-Werkstatt die Ereignisse. Das Teil machte die Runde in der Werkstatt. »Schaut mal, welches Porscheteil

Herr Volz diesmal gefunden hat!« Das Gelächter war groß. Hannes und seine Chefs Oli und Rolf erinnerten sich noch allzu gut an das Plattenspielergewicht und waren sich diesmal in ihrer Dreieinigkeit hundert Prozent sicher, dass dieses Teil ebenfalls nicht zu meinem Fahrzeug gehöre. Dennoch bestand ich darauf, mein Auto auf die Hebebühne zu fahren und nachzusehen, ob wirklich alles in Ordnung und komplett sei. Und siehe da, am Schalldämpferendtopf war eine kleine offene Stelle. Mit der Taschenlampe entdeckte Hannes im Inneren eine Bruchstelle. Diese passte genau mit meinem Fundstück zusammen. Senior- und Juniorchef erklärten mir, dass man eigentlich nie in die Töpfe schaue und dass dieses Teil absolut überflüssig sei. Jetzt warf es der Seniorchef persönlich weg, und Hannes schweißte den Topf wieder zu.

16 | Der große Durchbruch

Unlängst lagen Sibylle und ich an einem sonnigen Sonntagmorgen in der Badewanne. Was, nebenbei bemerkt, endgültig widerlegt, dass Schwaben nur samstags baden. Wie seit Monaten polterte es über uns. Unsere Vermieter bauten die Wohnung und den Dachstock über uns aus, um dann irgendwann mal selbst einzuziehen. Erst vor Kurzem waren wir in die Zeppelinstraße gezogen. Ganze Wände wurden für das neue erwünschte Raumgefühl geopfert. Als Ingenieur und echter Do-it-yourself-Mann machte unser Vermieter selbstverständlich vieles selbst, was vielleicht Geld, aber nicht gerade Zeit sparte.

Sibylle blickte ängstlich auf die Decke über uns. »Wir können nur von Glück reden, wenn sie nicht irgendwann mal durch die Decke brechen!«

Sie lag noch in der Wanne, und ich war inzwischen auf der Toilette, als es mir plötzlich von der Decke auf die Schulter rieselte. Als dann noch einige Steine herunterfielen, nachdem ich reflexartig die Ecke gewechselt hatte, begrüßte mich unser Vermieter mit einem »Guten Morgen, ich komme am besten gleich mal runter!« durch ein holzfällerfaustgroßes Loch in unserer Decke.

»Guten Morgen. Aber bitte außen rum!«, antwortete ich ihm.

Eine Minute später standen er und ein Kumpel neben mir in der Toilette und schauten sich den Kollateralschaden an. Außer dem Loch in der Decke und ein paar zerschlagenen Bodenfliesen war nichts passiert.

»Das ist kein Problem!«, meinte er und eilte mit seinem Kollegen wieder nach oben. Wenig später kehrten sie mit Kehrwisch, Kutterschaufel, Eimer,

Spachtel, Spachtelmasse, Bockleiter, Folie und Klebeband zurück. In Nullkommanix war die komplette Toilette, sprich zwei Quadratmeter, komplett mit Folie ausgelegt und abgeklebt. Das WC blieb den ganzen Tag unter der Folie versteckt.

Wir besuchten solange ein paar Freunde, die wir längst mal besuchen wollten, und deren Toiletten. Erst am späten Abend wurde die Decke notdürftig zugespachtelt. Bis zu unserem Auszug, sieben Jahre und fünf Monate später, hatten wir uns an dieses Provisorium gewöhnt und sahen es schon gar nicht mehr. Nur Gäste, die uns zum ersten Mal besuchten, erinnerten uns gelegentlich durch ihre Fragen daran. Für unsere Nachmieter wurde die Toilette dann doch noch unter fachmännischer Anleitung komplett renoviert.

17 | Gerds 50. Geburtstag

Unlängst waren Sibylle, Hanna, Micha und ich zu Gerds 50. Geburtstag auf den Fildern eingeladen. Gerd hat ein Faible für den Wilden Westen. Das sieht ihm jeder sofort an. Schwarze schulterlange Haare, schlanke Gestalt und ein Riesenschnauzer im Gesicht verleihen ihm den Anblick eines halb ausgehungerten, zähen Trappers in den Rocky Mountains. Gerd trägt gerne enge Jeans, Lederstiefel und -jacken mit Fransen. Wir brachten ihm einen Bourbon mit.

Dieser Abend war sehr spannend, denn Gerd war plötzlich nur noch fünf Jahre älter als ich. Zu diesem Zeitpunkt kannte ich Gerd bereits seit dreißig Jahren. Anfangs hatte unser Altersunterschied fünfzehn Jahre betragen.

Gut gehalten! Es bringt also doch etwas, wenn man wie Gerd täglich ins Fitnessstudio geht oder stundenlang durch die Wälder springt sowie Haare und Bart regelmäßig einer tiefschwarzen Farbbehandlung unterzieht. Freue mich schon auf Gerds 60. Geburtstag. Vermutlich feiern wir aber meinen 60. Geburtstag noch vorher.

18 | Arnolds Bewerbung

Unlängst hatte sich Arnold als Kontakter bei einer großen Stuttgarter Werbeagentur beworben. Er hatte bereits zwei Gespräche, die sehr positiv verlaufen waren. Es stand nur noch das Gespräch mit dem Geschäftsführer und Inhaber der Agentur aus.

Dieser begrüßte Arnold mit: »Sie sehen aber schlecht aus. Geht es Ihnen nicht gut?«

Tatsächlich war Arnold total übermüdet. Er war direkt von einer stressigen Geschäftsreise zu diesem Gespräch gekommen und etwas erschöpft, so berichtete er seinem Gegenüber.

»Was ist denn das für eine Einstellung. Ein Kontakter muss strahlen und positiv sein. Er muss die Kunden beraten und überzeugen. Mit so einer negativen Einstellung kann man bei uns nicht Kontakter werden. Und mit diesen Zähnen sowieso nicht.«

Bisher sei immer nur seine Arbeit Thema gewesen und nicht seine Zähne, antwortete Arnold. Er verkniff sich diesmal seinen üblichen Kommentar, den er zu seinem Gebiss zu machen pflegte: »Die schlechten Zähne habe ich von meinem Vater, den kräftigen Bartwuchs von meiner Mutter.«

Also – die Zähne müsse man auf jeden Fall richten. Wenn es ein finanzielles Problem wäre, könne man sich ja darüber unterhalten, gab ihm der Agenturchef noch mit auf den Weg.

19 | Nachts in New York

Unlängst musste ich für einen Stuttgarter Verlag mehrere Tage zu einem Meeting mit der World Wrestling Federation, einem Kooperationspartner, nach New York verreisen. Der Termin war konstruktiv, beeindruckend waren die Kantinenbesuche, wo ich in der Schlange zwischen Hulk Hogan und anderen Hünen stand. Ein Wunder, dass ich keine Kinderportion zugeteilt bekam.

Es war Februar und fast 30 Grad minus. Die New Yorker Straßeneinsatzkräfte hatten den Schnee zu über zwei Meter hohen Mauern zwischen den Gehwegen und den Straßen aufgetürmt. Nur an wenigen Stellen großer Kreuzungen konnte man die Straßen überqueren.

Eines Nachts, es war schon ziemlich spät, wollte ich nach einem Besuch einer Bar in Manhattan mit der New York Subway zu meinem Hotel zurückfahren. An der Subway-Station wartete ich mehrere Minuten mit hochgeklapptem Mantelkragen und tief ins Gesicht gezogener Wollmütze. Endlich kam die U-Bahn. Außer mir war nur ein Afroamerikaner, um die zwanzig Jahre alt, im Wagen. Ohne ihn direkt anzusehen, beobachtete ich während der gesamten Fahrt aus dem Augenwinkel, dass er mich beobachtete. Ab und zu blickte ich ihn kurz an, aber immer nur so lange, um keine Angst zu zeigen. Ich musste bis zur Endstation fahren und hoffte bei jedem Halt, dass er aussteigen würde. Das tat er aber nicht. Er stieg erst mit mir an der Endstation aus. Da er an der Tür stand, zuerst er – dann ich!

Ich zog mir die Wollmütze noch tiefer ins Gesicht und versuchte furchtlos zu wirken. An der erstbesten

Ecke drehte er sich plötzlich um und zog ein Messer unter seiner Jacke hervor. Wusste ich es doch. Der Typ plante einen Überfall. Und ich sollte sein Opfer sein. Gleichzeitig schrie er mich hysterisch mit weit aufgerissenen Augen und im übelsten New Yorker Gassen-Slang an, was ich denn von ihm wolle. Und ich solle ihn gefälligst in Ruhe lassen. Er habe auch kein Geld. Beschwichtigend gab ich ihm, unterstützt durch entsprechende Gestik, schnell zu verstehen, dass alles okay sei und ich überhaupt nichts von ihm wolle. Es sei reiner Zufall, dass wir den gleichen Weg hätten. Nach ein paar Kreuzungen trennten sich unsere Wege wieder.

Im Hotelzimmer sicher angekommen, schaute ich erst einmal in den Badezimmerspiegel, um mir den furchteinflößenden, brutalen Burschen mit der Verbrecherfresse mal genauer anzusehen. Nun ja, wenn ich mich nicht selbst kennen würde ... Jedenfalls fühle ich mich seit diesem Vorfall noch sicherer, wenn ich nachts in Stuttgart mit den Öffentlichen unterwegs bin.

20 | Luanas Überfall

Stuttgart ist laut der Kriminalstatistik eine der sichersten deutschen Großstädte. Und kein Vergleich mit Städten in anderen Ländern. Mein Vater wanderte nach Venezuela aus. Ich besuchte ihn oft und könnte einiges zu diesem Thema erzählen. Wenn ich die Sicherheit in Stuttgart schätzen möchte, denke ich einfach an eine Geschichte, die meine in Stuttgart lebende Schwägerin Luana in Porto Alegre erlebte. Unlängst besuchte sie ihren Vater in Brasilien. Sie trafen sich mittags in einem teuren Restaurant zum Essen. Als sie rund und satt das Lokal verließen, stand plötzlich ein jugendlicher Krimineller mit gezücktem Messer vor ihnen. Er hatte es auf den Laptop, den Luana ihrem Vater als Geschenk aus Deutschland mitgebracht hatte, abgesehen. Doch ihn zu bekommen, war trotz des Messers nicht so einfach. Luanas Vater war zwar alles andere als ein sportlich ambitionierter Typ. In seinen fünfundsechzig Lebensjahren gab es nur zwei klägliche Sportversuche. Einmal war es Fußball, ein anderes Mal Radfahren. Beides endete jeweils mit einem gebrochenen Bein. Dieses Talent wurde leider auch auf Luana vererbt. Da Bewegung also nicht so seine Sache war, konnte er seinem Gegner immerhin zweieinhalb Zentner Kampfgewicht entgegenstellen. Sich kampflos zu ergeben kam überhaupt nicht in Frage. Für ihn als brasilianischen Juden und gebürtigen Sizilianer ging es um die Ehre der Familie. Luana, zwar nur halb so groß und schwer wie ihr Vater, stand ihm in Sachen Temperament und Ehrgefühl in nichts nach. So verteidigten sich beide mit Worten, Händen und Füßen. Der ungleiche Kampf wirkte lange Zeit unentschieden, bis Luanas Vater mit seiner Laptoptasche aus edlem Leder zu einem finalen Schlag ausholte. Schwer im Gesicht getroffen, ließ der Halbstarke sein Messer fallen und ging taumelnd zu Boden. Im nächsten Moment rappelte er sich wieder auf und floh gebeugt, schwer gezeichnet mit blutiger Nase.

Sich über den schwer erkämpften Sieg klar geworden, wurde zunächst der Laptop untersucht. Dieser hatte den Zusammenprall mit der Nase glücklicherweise besser als diese überstanden. Jedoch verlangten die Hände und Unterarme von Luana und ihrem Vater nach ärztlichem Beistand. Im nahe gelegenen Krankenhaus wurden beide sofort ambulant behandelt. Dort bemerkten sie, dass gleichzeitig ein junger und nicht ganz unbekannter Mann seine gebrochene Nase richten ließ. Luana und ihr Vater wollten sich sofort auf ihn stürzen, wurden aber vom Krankenhauspersonal zurückgehalten, bis die inzwischen informierte und eingetroffene Polizei sich alles anhörte und den jungen Ganoven in Handschellen und mit großzügiger Gesichtsbandage abführte.

21 | Erdals Geheimnisse

Unlängst, etwa vor dreiundzwanzig Jahren, wohnte ich mit meiner Mutter, meiner jüngsten Schwester und deren Freund in einem WG-ähnlichen Zustand in einer großzügigen, dreieinhalb Zimmer großen Erdgeschoßwohnung in Leinfelden-Echterdingen in der Nähe des Stuttgarter Flughafens. Wir waren der klägliche Rest unserer Familie, denn meine andere Schwester war zu ihrem Freund gezogen und mein Vater mit einer Arbeitskollegin nach Venezuela durchgebrannt. Zuvor hatten wir alle in einem großen Haus mit Garten gewohnt.

Es kam, wie es kommen musste. Meine Mutter, die an den Wochenenden ohnehin schon bei ihrem neuen Lebensgefährten in der Werastraße im Stuttgarter Osten lebte, zog ganz zu ihm. Gleichzeitig zog auch meine Schwester mit ihrem Freund in eine eigene kleine Mietwohnung. So stand ich also mit vierundzwanzig Jahren von allen verlassen da. Ganz allein in der 90 Quadratmeter großen Wohnung. Doch das sollte sich bald schon ändern. Zuerst lief mir ein junger Kater zu, den ich Mikesch taufte. Dann wurde die Wohnung verkauft, und mein neuer Vermieter wurde Ali. Ali war fünfundvierzig Jahre alt und aus Hinteranatolien emigriert. Und Ali hatte einen Plan. Ali lebte mit seiner fünfköpfigen Familie in Würzburg, hatte aber jetzt eine neue Arbeitsstelle auf dem Stuttgarter Flughafen und brauchte einen Schlafplatz in Flughafennähe. Ali wollte die Wohnung ab sofort mit mir teilen. Seine Familie sollte frühestens in ein bis zwei Jahren von Würzburg nachkommen. Die Wohnung war groß genug, und nur die halbe Miete zu zahlen war für mich attraktiv. So willigte ich spontan ein.

Ali bekam ein Zimmer. Küche, Bad, WC, Wohn- und Esszimmer teilten wir uns.

Dies klappte ein Vierteljahr lang wunderbar. Dann zog Alis ältester, achtzehnjähriger Sohn Erdal ein. Erdal war in Würzburg ohne Job und hatte jetzt eine Anstellung in einer Stuttgarter Druckerei gefunden. Ali und Erdal bekamen jetzt das größere Zimmer. Ich zog in das kleine. Die Miete wurde gedrittelt. Es wurde aber auch alles etwas komplizierter. Erdal, der Einzige von uns mit langen Haaren, brauchte im Bad doppelt so lange wie Ali oder ich. Und überall im Bad lagen nun lange Haare herum.

Ich arbeitete immer von 9 bis 17 Uhr, Erdal hatte immer Frühschicht und Ali immer Nachtschicht. Mein Zimmer hatte nur eine Glastür, und so wurde ich jede Nacht zweimal aus dem Schlaf gerissen: einmal, wenn Ali nach Hause kam, und ein weiteres Mal, wenn Erdal zur Arbeit musste. Auf der anderen Seite gab es auch Vorteile. Mikesch genoss den 24-Stunden-Service. Ich konnte problemlos jederzeit in Urlaub fahren, und es gab regelmäßig Essen.

Zusammen mit anderen türkischen Kollegen kaufte Ali ganze Lämmer, diese wurden dann aufgeteilt. Unseren Teil schnitten wir Abende lang gemeinsam am Wohnzimmertisch in kleine Würfel. Diese kamen portionsweise in die Tiefkühltruhe. Wochenlang gab es dann leckeres Lamm zum Essen. Es wurde mit Zwiebeln oder Knoblauch in der Pfanne gedünstet und in dieser serviert, die dazu in die Tischmitte gestellt wurde. Ali, Erdal und ich wurden mit jeweils einer Gabel und einem Teil der Bildzeitung als Tischunterlage bewaffnet. Es wurde direkt aus der Pfanne gegabelt. Dazu gab es Fladenbrot und türkischen Tee. Der Tee fiel in Erdals Verantwortungsbereich. Da keine Frauen anwesend waren, musste er als jüngster Mann die anderen bedienen und dafür sorgen, dass unsere Gläser niemals leer wurden. Mir wurde es streng untersagt, nachzugießen.

Ali war klein und dünn. Erdal noch kleiner und noch dünner. Deshalb wollte er gemeinsam mit mir und meinen Hanteln trainieren. Das taten wir auch ein bis zwei Mal die Woche. Auch während meiner Abwesenheit - so bemerkte ich - wurden meine Hanteln in meinem Zimmer fast täglich bewegt. Einen deutlichen Muskelzuwachs konnte ich bei Erdal jedoch nicht erkennen.

Ein weiteres Geheimnis von Erdal war, dass er verbotenerweise und in Abwesenheit seines Vaters rauchte. Bevor Ali heimkam, wurde also immer ausgiebig und manchmal – wenn es zeitlich eng wurde – hektisch schnell gelüftet.

Wenn Ali nicht auf dem Flughafen arbeitete, saß er am liebsten auf der Terrasse und blickte stundenlang, ohne ein einziges Wort zu sagen, auf den Flughafen. Manchmal saß Erdal stundenlang daneben. Auch dann wurde kein Wort gesprochen.

Eines Abends hatte ich mich mit Freunden fürs Kino in Stuttgart verabredet. Ich fragte Erdal, da er meines Wissens keine Freunde hatte und nie ausging, ob er mitgehen wolle. Im nächsten Moment stand er da, aufgehübscht mit Haargel und dunklem, vielleicht ein wenig zu großem Nadelstreifenanzug vor mir. War Erdal etwa Mitglied der sizilianischen Mafia und der Lieblingsneffe des Paten? Wieder eines seiner Geheimnisse? Wie auch immer. Meine Freunde schauten etwas irritiert, als Erdal und ich vor dem Kino auftauchten. Erdal wurde sofort in die Gruppe integriert, was bei Mafia-Mitgliedern gesünder ist, und unverschämte Blicke Fremder betreffs Erdals Outfit wurden von uns als Gruppe postwendend entsprechend gerügt.

Nach ungefähr zwei Jahren verließ ich unsere Drei-Männer-WG, und Alis Familie zog ein. Gegen ein Drittel der Monatsmiete überließ ich ihnen die Einbauküche sowie die Wohn- und Esszimmermöbel und mein Fahrrad. Gelegentlich besuchte ich noch Ali und seine Familie. Erdal sollte eine Cousine in der Türkei heiraten und ich als Trauzeuge eingeladen werden. Erdal war über diese geplante Hochzeit nicht begeistert. Jedoch überraschte seine neunjährige Schwester den Geheimniskrämer regelmäßig dabei, wie er ein Passfoto, welches unter seinem Kopfkissen versteckt war, schmachtend betrachtete. Damit ärgerte sie ihn gerne vor der ganzen Familie und mir.

Mit den Jahren haben wir uns aus den Augen verloren. Inzwischen ist die Familie auch umgezogen. Ich weiß nicht, wohin. Noch heute kenne ich einige türkische Worte und Rezepte, die ich gelegentlich koche.

22 | Fernandas Date

Unlängst, Luana lebte noch bei ihrer Mutter in Porto Alegre in Brasilien, stand überraschend und völlig aufgeregt Luanas Busenfreundin Fernanda vor der Tür. Unter die Arme hatte sie zwei riesige Reisetaschen geklemmt.

»Luana, ich brauche deine Hilfe. Ich habe in drei Stunden ein Date und weiß nicht, was ich anziehen soll. Du musst mich beraten!«

Ein Date war in Porto Alegre für Frauen eine große Sache. Es gab hier elfmal so viele Frauen wie Männer. Auf Luanas Bett leerte die Zwanzigjährige ihre Klamotten aus. Es wurde sortiert, anprobiert, für gut geheißen und wieder verworfen. Jolanda, Luanas Mutter, musste im Zweifelsfall ebenfalls ihren Kommentar abgeben, denn als Juristin und Staatsanwältin wurde ihr großes Beurteilungsvermögen zugesprochen. Als die Zeit langsam knapp wurde, einigte man sich nach langem Hin und Her auf die bewährte Sexy-Vamp-Lösung. Diese bestand aus einem schwarzen Nichts, schwarzen Strümpfen mit Strumpfhaltern und dazu natürlich hochhackigen Pumps unter einem Trenchcoat. Dazu ein entsprechendes Make-up und eine auftoupierte wilde blonde Löwenmähne. Etwas nuttig vielleicht, aber dennoch gut, fanden alle drei Frauen. Schließlich müsse man alles auf eine Karte setzen.

Fernanda musste los. Sie traf ihr Date in einem Motel an der Bar.

Zwei Stunden später stand Fernanda heulend wieder vor der Tür. Ohne Trenchcoat, ohne Schuhe, mit einem Strumpf, verwischtem Make-up und zerstörter Frisur. Luana und ihre Mutter waren schockiert.

»Was ist passiert?«, wollte Jolanda wissen. »Hat dich das Schwein vergewaltigt?«, schlussfolgerte die Staatsanwältin in ihr.

Doch vor lauter Schluchzen konnte Fernanda nicht antworten.

»Den bringe ich um!«, schrie Jolanda jetzt und holte ihre kleine Automatikpistole.

Wie alle Staatsanwälte in Brasilien war Jolanda zum Waffenbesitz berechtigt. Im letzten Moment, Jolanda war bereits an der Tür, konnte Fernanda sie noch stoppen. Unter Tränen und herzergreifendem Schluchzen und tief Luft holend, berichtete sie das Geschehene:

Man traf sich wie vereinbart an der Bar. Unterhielt sich sehr gut. Lachte. Trank Champagner. Lachte mehr und entschied sich, ein Zimmer zu nehmen. Bei gedämpftem Licht und leiser Musik begann Fernanda, sich langsam auszuziehen. Zuerst fiel der Trenchcoat, dann gekonnt der linke Schuh, dann der rechte. Anschließend der linke Strumpf. Als sie, sich vor ihm aalend, den Strumpfhalter für den rechten Strumpf öffnete und das Knie anzog, um das Nylon auf erotische Weise herunterzurollen, entwich ihr ein leiser Pups. Leise, aber doch gerade noch laut genug, um nicht überhört werden zu können. Zumal ihr Bekannter in diesem Moment mit seinem Gesicht nahe Fernandas ausladendem Hintern war. Die vor Scham errötete Fernanda ließ alles stehen und liegen und raste aus dem Zimmer und dem Motel ...

Ach! Wie gesittet geht es doch da im Vergleich bei uns Schwaben zu. Trotz unserem Stuttgarter Rotlichtviertele im Leonhardsviertel.

23 | Five-Eleven

Unlängst waren mein früherer Arbeitskollege Rolf und seine Frau Birgit geschäftlich auf der Stuttgarter Messe. Es war um die Mittagszeit. Birgit knabberte an ihrem Käse-Schinken-Sandwich, und Rolf wollte gerade in seine in Senf getauchte Grillwurst beißen, als er schreckerfüllt bemerkte, dass sein Ehering fehlte. Blitzartig erinnerte er sich daran, dass er den Ring am frühen Morgen auf einer der Messetoiletten zum Händewaschen abgelegt hatte. Ohne der Grillwurst weitere Beachtung zu schenken, eilten die beiden zur Messeleitung. Birgit nahm ihr Sandwich mit. Auf dem Weg wurde noch heftig diskutiert, in welcher Halle diese Toilette wohl gewesen sei. Man einigte sich auf Halle 2. Nachdem atemlos der Sachverhalt einer Dame bei der Messeleitung geschildert worden war, telefonierte diese mit dem Toilettenpersonal. Tatsächlich wurde ein Ring in der Toilette der Messehalle 2 gefunden. Zur Identifizierung musste Rolf noch den Ring beschreiben.

»Ein goldener Ehering mit dem Datum 11.05. 2004«, sagte Rolf.

»Dann meinen herzlichen Glückwunsch zum 4. Hochzeitstag. Heute ist der 11. Mai!«, konterte geistesgegenwärtig die Dame.

Birgit verschluckte sich fast an ihrem Sandwichrest.

24 | Bambus-Mord

Unlängst – ich befand mich gerade im Bad – klingelte es abends an der Wohnungstür. Meine Lebensgefährtin Sibylle öffnete. Vor der Tür stand unser Vermieter. Er war völlig aus dem Häuschen und bekam vor Aufregung kaum ein Wort heraus. Den Inhalt des Gesprächs konnte ich leider nicht verstehen.

Nachdem er wieder weg und ich aus dem Bad war, klärte mich Sibylle über den kurzen, aber heftigen Besuch auf. Anscheinend waren im Garten hinter dem Haus einige Bambuspflanzen – der ganze Stolz unseres Vermieters – abgeschnitten worden. Nachdem unser Vermieter bereits unsere betagte Nachbarin Margarete Matthes unter uns verhört hatte und diese die Tat bestritt, blieben – da wir drei Parteien sind – nur noch wir als Täter übrig. Obwohl Sibylle unsere Unschuld beteuerte, wiederholte er weitere zwei Male diese Anschuldigung.

Empört klingelte ich bei unseren Vermietern, die über uns wohnten, und beschwerte mich über dieses Misstrauen, die dreifache Anschuldigung und Belästigung. Auch wenn ich seine Trauer verstand. Er war stolz gewesen, den Garten mit dem schönsten Bambus in der kompletten Zeppelinstraße zu besitzen.

Am nächsten Tag traf Sibylle Frau Matthes beim Wäscheaufhängen in der Waschküche und erzählte ihr von diesem Vorfall. Auch bei Frau Matthes war der Vermieter gewesen, und sie bestätigte Sibylle auf Nachfrage, dass sie den Bambus nicht abgeschnitten habe. Sibylle konnte es nicht fassen, dass wir verdächtigt wurden, obwohl wir alle beteuerten, es nicht gewesen zu sein. Ich fragte nicht weiter nach. Für mich war der Fall schon am Vortag völlig klar. Zu oft hatte Frau Matthes mir schon berichtet, wie sehr sie der Bambus vor ihrem Fenster, der ihr die Sicht auf den Garten nahm, störte.

Eine Woche später klingelte es erneut. Sibylle erkannte, bevor sie neugierig öffnete, nur die Spitze eines Bambusstabs durch das kleine Glasfenster in der Wohnungstür. Neben dem Bambusstab stand die kleine Frau Matthes, die nun kleinlaut zugab:

»Ich war's doch ...«

Sie hielt den Bambusstab, der sie mindestens um einen halben Meter überragte, und wollte ihn uns als Stütze für unsere großen Zimmerpflanzen schenken. Aus nachvollziehbaren Gründen lehnte Sibylle höflich ab. In diesem Moment hörten beide im Treppenhaus, wie ein Schlüssel die Haustür unten aufschloss. In Nullkommanichts faltete Frau Matthes den zwei Meter langen Bambusstab auf wenige Zentimeter Länge zusammen und versteckte ihn ängstlich hinter ihrem Rücken. Sie drehte sich mit dem Rücken an die Wand, da sie unsere Vermieter im Treppenhaus erwartete. Sibylle blieb hingegen völlig entspannt. Sie hatte bereits den Motor meines Autos erkannt und wusste, dass keine Gefahr bestand.

Zu unserer endgültigen Rehabilitierung erfuhren wir von unseren dann ehemaligen Vermietern, dass auch nach unserem Auszug immer wieder auf geheimnisvolle Weise komplette Bambusstäbe verschwanden oder exakt bis auf die Unterkante von Frau Matthes' Fenster gekürzt wurden.

25 | Texas

Für jeden Mann, egal welchen Alters, Junge oder Greis, kommt irgendwann die Zeit der Entscheidung. Der Tag, an dem die Weichen für die Zukunft gestellt werden. Dies war auch bei mir der Fall. Und über eins musste ich mir dabei klar sein: Es gibt nur zwei Seiten. Und für eine davon musste ich mich entscheiden. Für mich hießen diese zwei Seiten Cowboy und Indianer. Es war Fasching und ich gerade mal sechs Jahre alt. Eine echte Wahl hat ein Junge mit kurzen, roten Haaren, Sommersprossen und Brille wahrscheinlich nicht, außer er wollte blind das Kriegsbeil ausgraben, um unter einer juckenden, schwarzen Kunsthaarperücke auf Kriegspfad zu gehen. So wurde ich unter Nichtberücksichtigung politischer Hintergründe Cowboy.

Inzwischen sind sowohl Cowboys wie Indianer ein Tabuthema. Meine Frau und ich hatten uns nämlich kürzlich überlegt, ob wir uns als Cowboy und Indianer verkleiden wollten, als wir von der Gesellschaft Möbelwagen e. V., 1897 gegründet und damit der älteste Karnevalsverein Stuttgarts, als Ehrengäste zur Prunksitzung eingeladen wurden. Übrigens gab es in den Siebzigern mal eine Tanzgarde in Äffle & Pferdle-Kostümen. Die Kostüme existieren noch, die Damen sind aber nicht mehr ganz so beweglich. Wenigstens sollte deshalb der Autor von Äffle & Pferdle dabei sein, um bei der Eröffnungsrede brav aufzustehen, wenn sein Name zwischen Politikern und Promis genannt wird. Jedenfalls stellte ich die Frage, ob die Verkleidung als Cowboy und Indianer in der heutigen Zeit noch politisch korrekt wäre, an die Social-Media-Gemeinde. Ich erntete einen Shitstorm. Indianer geht gar nicht. Das ist eine diskriminierte Gruppe, die fast ausgerottet wurde. Und Cowboy gehe auch nicht. Das waren die, die die andere Gruppe fast ausrotteten. Mist!

Wie einfach war da früher das Leben. Zurück ins Jahr 1971. Mit zehn Jahren gab es einen ersten kleinen Versuch, ins andere Lager zu wechseln. In einem Schuhgeschäft entdeckte ich Indianer-Mokassin-Hausschuhe aus Kunstleder, die ich unbedingt haben musste. Meine Eltern rieten mir eindringlich davon ab. In echter Westernmanier setzte ich mich durch, was sich schon bald als Fehler herausstellen sollte. Es dauerte nicht mal einen Sommertag lang. Echte Indianer tragen ein Paar Mokassins mehrere Sommer lang. Allerdings – mit feuchten Füssen und einem penetranten Plastik-Meuchelgeruch ist es unmöglich, sich unbemerkt an feindliche Lager anzuschleichen. Das klappte nicht einmal bei meinen zwei jüngeren Schwestern Ute und Petra, mit denen ich das Kinderzimmer teilen musste. Wieder nix mit Indianer. Die Latschen mussten nach nicht mal einem Mond in die ewigen Jagdgründe. Zur Abschreckung böser Geister wurden sie an den Marterpfahl im Garten genagelt.

Drei Jahre später hätte ich theoretisch die Chance einer Rehabilitation gehabt. An meinem 13. Geburtstag war ich mit meinen Eltern zum Shoppen auf der Stuttgarter Königstraße und durfte mir eine Jacke aussuchen. Auch hier sah ich nur zwei Möglichkeiten: Eine Fransenwildlederjacke à la Winnetou oder eine Jeansjacke à la John Wayne. Realistisch gesehen waren die Haare immer noch rot, inzwischen zwar schulterlang, und die Brille war modischer, aber damit auch größer. Von den Sommersprossen wollen wir erst gar nicht reden. So fiel meine Wahl – nach mehreren Wochen Bedenkzeit und nachdem ich zwei Stunden lang vor dem Spiegel im Kaufhaus ständig zwischen den beiden Jacken hin und her wechselte – meine Schwestern waren schon entnervt –, schweren Herzens auf die Jeansjacke. Mein Vater nähte mir zur großen Überraschung und zu allem Überfluss auch noch einen knallroten Puma-Kopf auf den Rücken. Väter rothaariger Jungs sollten von Natur aus mit mehr Feingefühl ausgestattet sein!

Diese Jacke brachte mir in der Schule den Spitznamen »Texas« ein, was zwar immer noch viel besser als »Puma« war, womit mein Schicksal aber nun endgültig besiegelt war. Ich blieb also mein Leben lang ein Cowboy – tief im Innersten aber Indianer. Vierzig Jahre später ersteigerte ich dann für 25 Euro eine gebrauchte Lederfransen-Jacke aus den Siebzigern auf eBay. Mit der war ich sogar schon im Fernsehen, als ich mit dem Kampfnamen »Die Nagold-Natter« meinen Moderationskollegen Axel Gagstätter, den »Hai von der Donau« beziehungsweise den »Chuck Norris vom SWR«, zu einem Schwimmduell herausgefordert hatte.

26 | Die italienische Ferienwohnung

Seit Jahren machen wir einen Italienischkurs bei einer Sizilianerin am Marienplatz. Unlängst erzählte uns Yvonne, eine Mitschülerin im Kurs, eine wirklich unglaubliche Geschichte. Selbst unsere Italienisch-Lehrerin Lia – sie wuchs in Sizilien auf und lebt seit vierzig Jahren im Stuttgarter Süden – wollte diese nicht glauben.

Matthias, Yvonnes Ex-Freund, welcher in der Tourismusbranche tätig ist und berufsbedingt ständig zwischen Deutschland und Italien pendeln muss, besitzt seit vielen Jahren eine Ferienwohnung in Norditalien. Diese ist nicht sehr groß und befindet sich in einem Mehrfamilienhaus. Mehrmals im Jahr bewohnt Matthias diese Wohnung für ein paar Tage oder Wochen, dennoch kann es schon mal vorkommen, dass die Wohnung über mehrere Monate leer steht. Als Matthias nach einer längeren Abwesenheit wieder seine Wohnung betrat, schien auf den ersten Blick alles in Ordnung zu sein. Erst im Badezimmer kam es ihm spanisch vor. Sein circa zwölf Quadratmeter großes Bad kam ihm diesmal viel kleiner vor als sonst. Zwischen Duschkabine und gegenüberliegender Wand waren es bisher knapp drei Meter gewesen. Diesmal erschien es ihm nur halb so breit.

Das Rätsel löste sich sehr schnell auf. Sein direkter Nachbar, ein einheimischer Italiener, dessen Bad direkt an das Bad von Matthias angrenzte, hatte während dessen Abwesenheit sein eigenes Bad renoviert, dabei wohl vergrößert und die gemeinsame Wand um eineinhalb Meter zu Ungunsten von Matthias versetzt. Wenngleich dabei sehr sauber gearbeitet wurde, wollte Matthias sich dieses nicht gefallen lassen. Sein Nachbar, zur Rede gestellt, stellte auf stur.

Matthias ging mit dem Fall vor ein italienisches Gericht. Trotz eindeutiger Pläne läuft der Prozess seit Jahren und heute immer noch. Inzwischen hat Matthias schon den dritten Anwalt.

Unser gesamter Italienischkurs mutmaßte, selbstredend stillschweigend, dass die ersten zwei Anwälte von der Mafia zum Schweigen gebracht wurden. Oder gar ihr selbst angehörten. Ebenso wie der Nachbar und die Richter. Letztendlich womöglich auch unsere Italienischlehrerin Lia.

27 | Schala lala la

Unlängst rief völlig aufgeregt Fernanda meine brasilianische Schwägerin Luana in Stuttgart an. Fernanda ist Journalistin und hat in Südbrasilien ein Redaktionsbüro.

»Luana«, startete sie völlig außer sich, »bei euch in Deutschland, beim Fußball, beim Championship, bei eurer Champions League, also da, wo eure Mannschaften gegeneinander spielen, da singen die Fans im Stadion doch immer so was Komisches!«

Fernanda meinte die Bundesliga. Wusste auch ganz genau, dass es so heißt, versuchte dieses Wort aber zu vermeiden, da auf Brasilianisch »Bundes« ein übles Schimpfwort war. Aus demselben Grund vermied sie es auch, »Bundesrepublik Deutschland« in den Mund zu nehmen. Dabei schimpfen Brasilianer, und vor allem Brasilianerinnen, ständig wie die Rohrspatzen.

»Die singen da immer Schala lala la, was bedeutet das? Ich habe schon im Internet recherchiert und hier sämtliche Leute gefragt! Keiner kann es mir sagen. Also, was heißt es?!«

»Das heißt nichts!«, versuchte Luana ihre aufgebrachte Freundin zu beruhigen.

»Das kann nicht sein. Du lügst!«, antwortete Fernanda.

»Nein, Fernanda!« Luana antwortete inzwischen leicht verärgert. »Die Leute sind einfach nur betrunken!«

»Scheiße, nein! Schala lala la muss etwas heißen. Du willst es mir nur nicht sagen. Ich werde einen Deutschkurs besuchen müssen, um es zu erfahren!!!«, schrie Fernanda und knallte den Telefonhörer auf.

Ob ihre Recherche erfolgreich verlief, weiß ich nicht, da Luana inzwischen meine Ex-Schwägerin ist und kein Kontakt mehr besteht.

28 | Bruchtest

Was muss ein kleiner magerer, blasser, schüchterner, rothaariger Junge mit Brille und Sommersprossen sein? Clever und sportlich. Ich war natürlich beides. Schule brauchte ich nicht, meine Lösungen waren teilweise besser als die meiner Lehrer, die diese nach längeren Diskussionen dann übernahmen. Im Studium verbesserte ich meine Professoren, die dann beleidigt waren und mich aus der Vorlesung werfen wollten. Einmal wollten dann alle Studenten solidarisch mit mir den Vorlesungsraum verlassen.

Man kann aber nicht immer gewinnen. Gerade im Sport gibt es permanent Siege und Niederlagen. Zur Abwechslung gehe ich mal auf Niederlagen ein. Wenn ich im Sport etwas erreichen wollte – ob Stelzenlaufen oder Skateboardfahren –, trainierte ich verbissen. So wollte ich unbedingt auf den Händen laufen können. Mein Trainingsraum war unser 5 × 5 Meter großes Wohnzimmer, dessen Diagonale ich irgendwann dann auch komplett schaffte. Aber bis dahin war es ein langer, steiniger Weg. Es gab viele Misserfolge und tat ordentliche Schläge, wenn es mich auf den Rücken warf. Einmal schaffte ich es bis zum Fenster. Besser gesagt: bis zum Fenstersims, als es mich überschlug. Mit der nackten Ferse durchschlug ich das Fenstersims aus bestem italienischem Marmor. Wir wohnten zur Miete, und es ging glücklicherweise als Versicherungsfall durch.

Schwamm drüber. Vom ungewollten Bruchtest meiner neuen Kraft überrascht, wechselte ich zu Karate und machte dort Bruchtests. Inoffiziell schlich ich in Abbruchhäuser und zerschlug mit der Faust oder Handkante Bretter, Dachziegel und Glasscheiben. Irgendwann gab es dann einen Bruchtest-Lehrgang mit Prüfung. Dieser fand in einer Stuttgarter Sporthalle statt. Stuttgart hat eine lange Box-Tradition, aber in den Siebzigern breiteten sich immer mehr fernöstliche Kampfkünste in Stuttgart aus. Mehrere Karate-Vereine mit ungefähr einhundert Sportlern waren dabei. Die Eltern der Kinder kamen meist mit. Stolz auf ihren Sprössling beziehungsweise großen Bruder waren auch meine Eltern und jüngeren Schwestern im Publikum. Im Training trug ich nie meine Brille. Das machte mich gefährlich wie Wild Bill Hickok. Der erschoss viele unschuldige Leute, die sich schnell bewegten und die er wegen seiner schlechten Augen als Gefahr wahrnahm. Ähnlich war es bei mir. Im Freikampf stürzte ich mich sofort auf meine Gegner, bevor die mich angreifen konnten. Um Angriffe abzuwehren, sah ich einfach zu schlecht. Sehr schnell hatte ich den Spitznamen »die Wespe«. Bruce Lee spielte in einer TV-Serie die »grüne Hornisse«. Ich war halt noch kleiner.

Wie zu erwarten – bei diesem Bruchtest-Lehrgang trug ich auch keine Brille. Das ging auch alles gut – bis zur Prüfung. Zum schlechten Sehen kam jetzt noch Nervosität dazu. Ich sollte mit der Ferse ein Brett, das auf zwei Backsteinen lag, zerschmettern. Kannte ich ja eigentlich schon von der Marmorfensterbank. Ich trat zu, verfehlte das Holzbrett und traf den Backstein. Mist. Ein Raunen ging durch die Menge. Ich dachte nur an meine Familie. Als Sehbehinderter bekam ich einen zweiten Versuch. Und auch diesmal trat ich am Brett vorbei und traf den Backstein. Diesmal war das Raunen in der Halle stärker. Denn der Backstein zerbrach, und ich bekam meine Urkunde. Die konnte ich mir aber erst mit meiner Brille voller Stolz anschauen. Ich glaube, ich habe sie heute noch.

29 | Pech in Prag

Unlängst musste Sibylle mit einigen Kollegen zu einem mehrtägigen Workshop nach Prag reisen. Beim Einchecken am Stuttgarter Flughafen gab es bereits die erste Hürde. Die junge Frau am Counter schaute sich Sibylles Kollegen Arnold eindringlich an.

»Das sind nicht Sie!«, ermahnte sie Arnold und zeigte ihm das biometrische Foto im Reisepass.

Als er es sich ansah, wurde Arnold blass. Es war der Pass seiner frischen Liebe Ute. Vor Kurzem war Ute noch Arnolds Heilpraktikerin gewesen. Da kann so was schon mal passieren.

Jedenfalls war es zu diesem Zeitpunkt nur noch eine knappe halbe Stunde bis zum Boarding. Arnold erreichte Ute per Telefon. Ute machte sich sofort mit Arnolds Pass im Auto von Sillenbuch auf den Weg. Unterwegs übergab sich Ricky, Utes Schäferhund, der Utes flotten Fahrstil bisher nicht kannte. Da ja Liebe bekanntlich Flügel verleiht, konnten die Pässe noch rechtzeitig getauscht werden und Arnold an Bord gehen. Längst war Arnold Thema des kompletten Flughafens und Grund von allerlei Gelächter geworden.

Im Hotel in Prag angekommen, wollten sich alle nach dem Einchecken erst einmal auf ihren Zimmern frisch machen. In Arnolds Zimmer lag eine ihm unbekannte Frau auf dem Bett. Ein Fehler der Rezeption. Das Zimmer war versehentlich doppelt belegt worden. Mit »So was passiert bei uns normalerweise nicht!« entschuldigte man sich bei Arnold. Er bekam ein neues Zimmer.

Nach einem gemeinsamen Restaurantbesuch am selben Abend wollten alle Kollegen wieder zu Fuß zum Hotel zurückgehen. Nur Arnold nicht. Ihm taten die Füße schon auf dem Hinweg weh. Arnold tun immer schnell die Füße weh, deshalb trägt er auch immer Joggingschuhe. Arnold rief ein Taxi. Vor dem Hotel wollte Arnold den Taxifahrer bezahlen. Dieser verstand aber keinen Spaß, als Arnold ihm ungarische Forint in die Hand drückte. Arnold hatte zuvor sein komplettes Geld zu einem äußerst günstigen Wechselkurs auf der Straße eingetauscht. Nicht uneigennützig fuhr ihn der Taxifahrer zum nächsten Bankautomaten und anschließend wieder zum Hotel.

Erst im Foyer bemerkte Arnold, dass dies nicht sein Hotel war. Es gebe in Prag zwei von dieser Kette, erklärte man ihm an der Rezeption. Arnold ließ sich den Weg zu seinem Hotel erklären. Diesmal wollte er aber zu Fuß gehen. Er fluchte leise, als er unterwegs an dem Restaurant, in dem sie den Abend verbracht hatten, vorbeikam.

Beim Frühstück am nächsten Morgen war Arnold etwas verstimmt. Ihm taten nach seinem nächtlichen Gewaltmarsch immer noch die Füße weh. Außerdem frühstückte Arnold zu Hause immer etwas Warmes, seitdem er als kleines Kind in den fünfziger Jahren in einen gefrorenen See eingebrochen und fast ertrunken beziehungsweise erfroren war. Überhaupt war Arnold ein kränkliches Kind gewesen. Im Gegensatz zu seinem älteren Bruder, der vor Gesundheit und Kraft nur so strotzte, hatte der kleine Arnold einen niedrigen Blutdruck, oft Zahnschmerzen, fror ständig und lag tagelang krank im Bett. Außerdem gab es in Arnolds Kindheit häufig Hochwasser. Arnold erinnerte sich noch gut daran, wie ihn einmal der Arzt mit einem Schlauchboot im zweiten Stock durch das Fenster besuchen kam.

Doch seinem Wunsch nach Gulaschsuppe, Steak oder Paella konnte das Frühstücksbuffet des Hotels nicht nachkommen.

Am letzten Abend - Arnold lag bereits im Bett und war gerade am Einschlafen - stand plötzlich ein wildfremder Mann in Arnolds Tür und knipste das Licht an. Doppelbelegung! Ein Fehler der Rezeption. Diesmal durfte Arnold aber sein Zimmer behalten und erhielt obendrein zur Entschädigung eine kleine Flasche Rotwein. Diese genoss Arnold am nächsten und letzten Morgen in Prag zum Frühstück. In Gedanken war der Frischverliebte aber längst wieder bei seiner Ute in Stuttgart Sillenbuch.

30 | Joshi, Platz!

Unlängst sind mein früherer Kollege Rolf – wir arbeiteten zusammen in einem Verlag im Stuttgarter Westen – und seine Frau Birgit samt Rottweiler-Schäferhund-Mischling Josh, auch Joshi genannt, von Stuttgart ins Allgäu und vom Allgäu ins Münsterland gezogen. Fern der Stuttgarter Heimat wohnen sie jetzt in einem kleinen Ort, in dem sie keine Menschenseele kennen. Da sie aber als externe Verlagsvertretung für einen Stuttgarter Verlag tätig sind, nutzen sie ihre gelegentlichen Geschäftsreisen, um ihre Stuttgarter Freunde zu treffen und die große Auswahl an Kneipen, Restaurants und kulturellen Angeboten zu genießen.

Anders dagegen sieht es da in ihrem kleinen Ort im Münsterland aus. Eines Abends wollten sie unter die Leute gehen. Viel Auswahl bietet dieser kleine Ort da nicht. So gingen sie in die Dorfkneipe, in der man aber den halben Ort treffen kann. Die wollten sie mal testen.

Sie setzten sich an einen Tisch und bestellten sich was zum Trinken. Josh lag neben dem Tisch auf dem Gang. Als er so dem Wirt, der vorbeiwollte, im Weg lag, zitierte Rolf ihn mit einem forschen »Joshi, Platz!!!« unter den Tisch zu seinen Füßen. Dabei ließ der Wirt sein Tablett mit Getränken fallen. Das komplette Lokal brüllte vor Lachen. Der Wirt hieß Josef, wurde aber von allen nur Joshi genannt. Seitdem sind Rolf und Birgit, vor allem aber Josh, im ganzen Ort bekannt. Bekannter als in Stuttgart.

31 | Utes Montag

Unlängst fuhr Ute, Arnolds Freundin, auf einer Landstraße von Stuttgart nach Reutlingen. Es war an einem Vormittag im Frühjahr. Die Straßen waren noch leicht gefroren, und die tief stehende Sonne blendete Ute. Zu spät bemerkte Ute, dass das Fahrzeug vor ihr gebremst hatte und auf der Fahrbahn stand. Zum Stehen wäre sie auf der rutschigen Fahrbahn ohnehin nicht mehr gekommen, und so musste sie zwischen zwei Möglichkeiten abwägen. Entweder links vorbei auf die Gegenspur oder rechts auf die Wiese. Links kam Gegenverkehr. Rechts ein Baum. Den bemerkte Ute, die sich für die Wiese entschieden hatte, leider erst, als sie auf ihn donnerte. Im gleichen Moment fiel ein Mann vom Baum auf ihre Motorhaube. Kurz davor muss er noch dabei gewesen sein, den Baum zu beschneiden.

»Was für ein Scheißtag ... Typisch Montag!« So schimpfend krabbelte er von Utes zerbeulter Motorhaube und humpelte davon.

32 | Schlüsselerlebnisse

Unlängst kamen Eva und Claus aus ihrem hart verdienten Urlaub aus dem sonnigen Süden am Stuttgarter Flughafen an. Es war bereits mitten in der Nacht, als die beiden vergeblich auf ihre Koffer warteten. Die Lufthansa hatte diese schlichtweg vergessen. Kein Problem, wurde ihnen von der Fluggesellschaft versichert, die Koffer würden ihnen in den nächsten Tagen direkt nach Hause gebracht. Nachdem dies zu aller Zufriedenheit geklärt war, nahmen sich Claus und Eva ein Taxi nach Hause.

Im Taxi wurde es Claus plötzlich siedend heiß. Ihm fiel nämlich ein, dass sich seine Schlüssel im Koffer befanden. Glücklicherweise hatte Eva aber ihre Schlüssel im Handgepäck, und Claus war sehr froh, dass er eine so kluge und vorausschauende Partnerin hatte. Gegen zwei Uhr nachts standen sie endlich und inzwischen auch schon sehr müde vor ihrem Haus. Demonstrativ und voller Stolz zückte Eva ihren Hausschlüssel. Doch beim Versuch, die Tür zu öffnen, scheiterte sie kläglich. Der Schlüssel passte nicht. Bei genauerem Betrachten bemerkten die beiden auch, dass es gar nicht ihre Haustür war. Sie gingen ein paar Schritte zurück. Das Haus war das richtige. Ihnen blieb nichts anderes übrig, als kurz nach zwei Uhr ihren Vermieter und Hauseigentümer, der über ihnen wohnte, aus dem Bett zu klingeln. Dieser erklärte im Schlafanzug und Hauseingang, während ihres Urlaubs eine neue Haustür angeschafft zu haben, und überreichte ihnen mit wenigen Worten die neuen Schlüssel.

33 | Rock'n'Roll mit zwei Zentnern

Ende der Siebziger - wir lebten noch in Bonlanden auf den Fildern, wo die Stuttgarter ihr Spitzkraut herbekommen - hatten meine Eltern amerikanische Freunde. Die Horns. Ursprünglich waren die Horns aus Louisiana. Wir kannten die Horns über Freunde, bei denen sie zur Miete wohnten, drei Häuser von unserem entfernt. Bei den Horns hatte ich meine ersten Kontakte mit bunten Torten, Jeans in Übergrößen, Jim Beam und Elvis. Dan Horn war bei der US Army und in den benachbarten Kelley Barracks bei Plieningen stationiert. Er leitete dort die Bank. Nicht nur sein Name klang für mich nach John Wayne, er personifizierte ihn förmlich: Zwei Meter groß, breite Hüften und ein wiegender Gang. Dazu trug Dan Schnauzbart und Brille, womit er leider Roger Whittaker ähnelte. Seine Frau hatte indianische Wurzeln, was mich sehr faszinierte.

Zu Weihnachten kam immer ihre fast hundertjährige Mutter, eine echte Sioux, vermutlich aus einem Reservat in den Staaten, zu Besuch. Ich dachte damals, sie müsse General Custer noch persönlich gekannt haben. Nur mit einem langen Nachthemd bekleidet, barfuß, mit offenen, grauen Haaren, die bis über den Hintern reichten, geisterte sie durch die Wohnung. Oder sie saß im Schneidersitz auf dem Sofa vor dem offenen Kamin und kaute zahnlos Kautabak, den sie dann von Zeit zu Zeit in die Flammen spuckte.

Die Horns hatten zwei Kinder, Diana und Randy. Randy war ein paar Jahre älter als ich, spielte Westerngitarre und Mundharmonika. Diana war in meinem Alter, sie musste sechzehn oder siebzehn Jahre alt gewesen sein. Diana hatte blonde Haare, die ihr bis über den Hintern gingen. Abdecken konnten sie ihn damit nicht. Dianas Hintern steckte in einer Jeans, wie ich sie noch nie gesehen hatte, denn Diana wog vermutlich zwei Zentner und damit das Doppelte von mir. Was nicht schwer war, da ich ziemlich kümmerlich war. Dies tat unserer gemeinsamen Leidenschaft keinen Abbruch. Und diese Leidenschaft hieß Elvis. Diana besaß alle Platten von ihm. Mit ihren mehr als zwei Zentnern zog sie mich mit einer Leichtigkeit jedes Mal in ihr Zimmer, um mit mir gemeinsam auf dem Bett sitzend Elvis' Schallplatten anzuhören. Zuvor verabreichte mir ihr Vater immer noch einen Whiskey. Dianas Elvis-Leidenschaft ging allerdings weiter als meine. Elvis war damals vor Kurzem gestorben, und immer wenn Diana Elvis hörte, weinte sie wie ein junger Wal, der seine Mutter verloren hat.

Dan versorgte meinen Vater mit Jim Beam-Whiskey, den es in den Kelley Barracks in Plieningen günstig gab. Als mein Vater eines Abends von einem Whiskeytransfer bei den Horns zurückkehrte, berichtete er, dass Diana demnächst eine Abschlussparty in ihrer Schule habe und mich mitnehmen wolle.

»WOW!«, sagte ich und dachte an Dianas hübsche, schlanke Mitschülerinnen. Mit siebzehn hat man noch Träume, und so sagte ich spontan und euphorisch zu.

Zwei Wochen vor dem Termin – wir waren gerade bei den Horns – fragte mich Dan, ob ich Anzug und Krawatte hätte und ob ich im Standardtanz gut sei. Die Party war nämlich Dianas Abschlussball und ich ihre offizielle männliche Begleitung und Tanzpartner. Mein Leben lief schlagartig in einem Film mit einem dicken Ende vor mir ab. Komatisiert nickte ich. Jetzt wurde mir auch klar, dass Dan mich als seinen künftigen Lieblingsschwiegersohn sah. Ich sah mich schon mit einer übergewichtigen Farmerin in Texas bei Whiskey und Rindersteaks.

Wieder zu Hause wurde mir klar, dass mein Schicksal damit besiegelt war. Als eine farbenfrohe Drei-Zentner-Eisbombe würden wir unter lautem Beifall durch den Saal schweben und Bestandteil der Schulhistorie werden. Diana als Walküre mit Hochsteckfrisur in einem wallenden, leichten rosa Kleidchen, und unter ihrem Arm ein zarter Junge in einem goldenen, mit Diamanten besetzten Elvis-Anzug, mit gescheiteltem rotem Haar, Sommersprossen und einer dicken Buddy-Holly-Brille.

Was konnte mich jetzt noch retten? Es waren nur noch knapp zwei Wochen bis dahin. Das Problem mit dem Anzug und den Standardtänzen wäre leicht zu lösen gewesen. Den Anzug hätte ich mir leihen können, Krawatten hatte mein Vater, und das Tanzen hätte ich mit meinen Schwestern üben können. Mein Vater hätte sich vermutlich über eine Heirat seines Sohnes in die amerikanische Familie seines Whiskey-Lieferanten sogar noch gefreut. Auch wäre mein Schwiegervater sehr glücklich mit mir gewesen. Er war ein großer Fan von dem schüchternen, aber lustigen Schwabenbübchen. Vermutlich hätte man mich mit genügend Steaks, Pommes, Burgern und Whiskey USA-gerecht aufpäppeln und dem Gewicht meiner Partnerin anpassen können.

Trotzdem konnte ich mir nicht vorstellen, den Abend unbeschadet zu überleben. Ich fühlte mich verloren!

Doch das Schicksal meint es manchmal mit kleinen, dürren, rothaarigen, sommersprossigen, blassen und bebrillten Jungen doch gut. In Feuerbach im Pausenhof meiner Schule wurde mir mit dem Fußball die Brille heruntergeschossen. Ein Glas war gesprungen und Buddy Holly somit auf einem Auge blind. Welch ein Glücksfall!

Am nächsten Tag wollte ich Diana besuchen, um ihr abzusagen. Die kaputte Brille hatte ich auf, das linke Auge zugedrückt. Mir war nicht wohl dabei, sie enttäuschen zu müssen. Zuerst der Tod von Elvis und dann das. Diana war zu meinem Glück nicht zu Hause, und so musste ich nur ihrer Mutter mein Dilemma beichten. Sie hatte anscheinend Verständnis, ich ein schlechtes Gewissen, aber mein junges Leben wieder einen neuen Sinn.

Später erfuhr ich, dass ein Nachbarsjunge, der immer, während wir Jungs aus der Nachbarschaft Fußball spielten, zu Hause Klavier übte und in Dianas Gewichtsklasse passte, einspringen musste. Trotz Abschlussball schaffte dieser Nachbarsjunge ebenfalls noch den Absprung und heiratete später die Tochter der Vermieter der Horns. Heute ist er bei der freiwilligen Feuerwehr und geht regelmäßig ins Fitnessstudio. Die beiden kamen sich über ihre Leidenschaft zu kleinen Hunden näher. Diana brachte irgendwann einen mexikanischen Freund mit nach Hause. Dieser war einen halben Kopf kleiner und ein Hering. Er wurde von Diana geheiratet.

Dreißig Jahre später traf ich die beiden wieder, als sie längst in die Staaten zurückgekehrt waren und Urlaub in Deutschland machten.

Diana hat heute eine super Figur. Ihr Mann hat seitdem etwas zugenommen. Tja, wäre mir damals nicht die Brille vom Kopf geschossen worden und wäre ich damals mit zum Abschlussball gegangen, hätte ich heute vielleicht eine große Farm oder Ranch in Louisiana.

34 | Sein letztes Konzert

Unlängst wurde mein Bekannter Hans schlagartig aus dem Schlaf gerissen. Ein kratzendes Geräusch war die Ursache. Augenblicklich wusste Hans, was passiert war. Es war Nacht, er befand sich auf der B 27 von Tübingen nach Stuttgart und musste kurz eingenickt sein. Plötzlich hellwach, verließ er die Schnellstraße an der nächsten Ausfahrt, hielt an und schaute sich sein Auto an. Ein langer und tiefer Kratzer von vorne bis hinten auf der linken Seite. Er musste die linke Leitplanke gestreift haben.

Er fuhr die Landstraße zurück bis zur nächsten Auffahrt zur Schnellstraße und dann zu der Stelle, wo es passiert sein musste. Dort hielt er und schaute sich die Leitplanke an. Tatsächlich waren hier Kratzspuren zu erkennen. Aber minimal. Bei der Untersuchung der Leitplanke wurde Hans von einem vorbeifahrenden Auto gesehen. Der Fahrer dieses Autos merkte sich Hans' Autonummer und zeigte ihn am nächsten Tag an.

So stand am nächsten Morgen auch schon die Polizei bei Hans vor der Tür. Sachbeschädigung öffentlichen Eigentums mit nachfolgender Unfallflucht wurden ihm vorgeworfen.

Den Führerschein und eine Menge Euros war Hans erst einmal los. Jetzt hatte Hans ein Problem. Er war Bestattungsunternehmer als Ich-AG und musste auch den Leichenwagen fahren. Mit ein paar Tausend Euro mehr erhielt Hans die Sondergenehmigung, mit dem Leichenwagen weiterhin geschäftlich fahren zu dürfen, um seinen Lebensunterhalt bestreiten zu können.

Wochen später fiel Hans ein, dass er eine Karte für ein Konzert der Toten Hosen in München hatte.

Fast gleichzeitig hatte er auch die Idee, wie er nach München käme. Er wollte den Leichenwagen benutzen. Und für den Fall der Fälle, dass ihn die Polizei unterwegs anhielt, wollte er nicht alleine fahren.

Zweieinhalb Stunden vor dem Konzert packte Hans also seinen frischesten Kunden aus dem Kühlfach in einem Sarg in den Leichenwagen und fuhr mit ihm nach München. Es war dessen letztes Konzert.

35 | Scheinselbständig

Unlängst stand ich mit zwei vollen Aldi-Tüten vor dem Bio-Markt bei uns um die Ecke am Hölderlinplatz, als Dominique, ein Bekannter, mit seiner Lebensgefährtin und ihrem Sohn, einem Erstklässler, zufällig vorbeikam. Dominique stellte mich den beiden als Autor der SWR-Figuren Äffle & Pferdle und als die Synchronstimme vom Äffle vor. Dominique ist als Stuttgarter Rapper als Körpa Klauz bekannt. 2010 haben wir gemeinsam den Rap »Neffle vom Äffle« aufgenommen.

»Du bist also das Äffle«, meinte der Kleine.

»Ja«, sagte ich, »aber ich verdiene mein Geld natürlich noch mit anderen Arbeiten.«

»Und womit?«, fragte der Kleine naseweis.

»Ich bin selbständig«, erklärte ich ihm. »Ich arbeite als Marketing- und PR-Berater, Konzeptioner, Texter und Autor unter anderem für Filmproduktionen und Werbeagenturen. Außerdem bin noch Moderator, Journalist und Reporter. Ich habe auch schon in der Gastronomie gekocht, an der Hochschule unterrichtet und ...«

»Und was machst du jetzt gerade?«, unterbrach er mich.

»Ich warte auf meine Frau, die hier im Bio-Markt einkauft«, antwortete ich.

»Dann bist du ja gar nicht selbständig!«, kommentierte er enttäuscht. »Schade!«

36 | Hundertfünfzig

Im Sommer schwimmen wir im Höhenfreibad Killesberg – im Winter im Sindelfinger Hallenbad, einem der wenigen Hallenbäder mit einer 50-Meter-Wettbewerbsbahn. Genau das Richtige für uns. Voller Stolz schwammen wir da immer ein bis zwei Kilometer. Bis dato. Denn unlängst kam es zu folgendem Vorfall:

Drei ältere Herrschaften, zwei Damen und ein Herr, verließen gleichzeitig mit uns das Hallenbad, so dass wir ihre Konversation mit anhören konnten. In dem Moment fragte der Senior, gefühlte fünfundneunzig Jahre alt, gebeugt, einer Schildkröte ähnlich und mit vorgestrecktem Kopf und Schnabelnase seinen Begleiterinnen kaum hinterherkommend, eine der beiden vermutlich gleichaltrigen, aber durchaus rüstigen Damen, wie viel sie immer so schwimmen würde. Darauf meinte sie, schwäbisch bescheiden, sie schwimme immer eine Stunde, das seien circa drei Kilometer. Inzwischen mache sie halt nicht mehr so viel, man müsse es ja auch nicht übertreiben mit der Gesundheit. Sie wolle ja schließlich keine hundertfünfzig werden.

37 | Respekt vor dem Alter

Unlängst kamen Sibylle und ich an eine rote Fußgängerampel. Da war kein Auto weit und breit. Wir kamen direkt vom Flughafen in Echterdingen aus dem Sizilien-Urlaub und hatten es samt Gepäck mit der S-Bahn schon bis in den Stuttgarter Westen in die Schwabstraße geschafft. Wir gingen verbotenerweise bei Rot rüber.

Auf der anderen Seite wartete eine kleine Gruppe von drei Personen Mitte zwanzig und besonders cool und hip. Als sie das sahen, meinte der eine Hipster mit spärlichem Vollbart: »Kommt, lasst uns auch rübergehen. Wenn das jetzt schon die Alten machen!«

Mutig überquerten sie die Straße. Wir waren geschockt. Waren wir doch der festen Überzeugung, dass wir nach dem Urlaub mit zwei Wochen Sonne erholt, jugendlich und frisch wirkten. Wir drehten sofort wieder um Richtung Stuttgarter Flughafen.

38 | Porsche Kult

Unlängst brachte ich mit meinem Oldtimer – einem weißen Porsche Carrera Targa aus den Achtzigern, 200 000 km Laufleistung, TÜV und ASU neu, mit der grünen Umweltplakette, die für Stuttgart sehr wichtig ist – meine Lebensgefährtin Sibylle zur Arbeit. Ihr gelber VW Beetle, gerade mal drei Jahre jung und mit einer Laufleistung von 64 000 Kilometern, befand sich zu dieser Zeit wegen Getriebeschaden in der Werkstatt. So viel zum Thema Nachhaltigkeit und Qualitätsarbeit. Als Sibylle am Verlag an der Paulinenbrücke ausstieg, wurde sie von einer alten obdachlosen Frau auf dem Gehweg mit einem freudigen, zahnlosen Lächeln, welches von einem Ohr unter strähnigem Haar bis zum anderen reichte, angestrahlt: »Ha! Ein Porsche! Dazu noch ein schöner alter!!«

Ein andermal kam über Nacht ordentlich Schnee vom Himmel. Da ich im Stuttgarter Westen keine Garage besaß, war mein alter Porsche, der vor dem Haus stand, völlig zugeschneit. Ich entfernte nur das Nötigste. Mit Sehschlitzen wie die eines Panzers bewegte ich mich vorsichtig innerhalb des Geschwindigkeitslimits von 30. Weit hatte ich es nicht bis zum Büro. Außerdem wollte ich unterwegs noch einkaufen.

Während des Einkaufens kam im Lebensmittelgeschäft der fünfjährige Sohn der Kassiererin auf mich zu und verkündete mir stolz, dass mein Porsche 280 PS hat. »Nicht ganz«, enttäuschte ich ihn, »es sind nur 231«. Als ich mit meinen Einkaufstüten aus dem Laden kam, war mein Auto komplett vom Schnee befreit. Daneben stand der fünfjährige mit blauen, klammen Händen und erklärte mir, dass ein Porsche niemals so aussehen darf. Als ich wieder am Steuer saß, fiel mir auf, dass die Tachoanzeige bis 280 ging. Aha!

Ja, so ein Klassiker aus dem Hause Porsche hat eben Fans in allen Altersgruppen. Dies wird auch noch von der Tatsache untermalt, dass ich in nur dreißig Jahren Porschefahrens neben Millionen von Ankauf-Zettelchen zwielichtiger Autohändler am Scheibenwischer und drei Diebstahlversuchen - einer in Norditalien, der Wiege von Ferrari und Lamborghini, zwei in Stuttgart unter dem Schlafzimmerfenster mit nicht heruntergelassenem Rollladen - zwei gestohlene Porsche-Embleme, einen mutwillig und großzügig zerkratzten Kofferraumdeckel, zwei zerstochene Reifen und eine abgebrochene Antenne verzeichnen kann. Das ist Fantum aus tiefstem Herzen und auf höchstem Niveau. Pure, losgelöste Emotion. Kult.

39 | Das Ende einer Sportkarriere

Unlängst joggte ich durch den Stuttgarter Westen. An einem Hauseck am Hölderlinplatz knallte ich mit einem Rottweiler zusammen. Zum Glück ist nichts weiter passiert. Der Rottweiler, sein Herrchen und ich erschraken nur kurz und gingen weiter unserer Wege. Zwei Wochen später passierte mir das Gleiche ein paar Hausecken weiter. Nur stieß ich dieses Mal mit einem Cockerspaniel zusammen. Der hatte dabei das Nachsehen. Inzwischen habe ich meine Joggingschuhe an den Nagel gehängt, bevor ich das nächste Mal womöglich einen Dackel zertrete. Oder gar frei laufende Hühner.

40 | Augen-Make-up-Entferner

Unlängst suchte ich in einem Drogeriemarkt am Rosenbergplatz nach Augen-Make-up-Entferner für meine Frau. Dabei suchte ich Hilfe bei zwei Verkäuferinnen. Beide waren ausgesprochen freundlich und hilfsbereit, nur stellte sich leider heraus, dass die eine Verkäuferin schlecht hörte und ihre Kollegin schlecht Deutsch sprach und verstand. Ich erklärte mit Händen und Füßen, was ich suchte. Die beiden schauten mich und sich mit großen Augen an, bis sie mich gemeinsam an ein Regal mit Brillenputzutensilien führten.

41 | Che Guefahrrad

Joachim – aus unserer Nachbarschaft und alles andere als ein Freund – war Ende vierzig, überzeugter Radfahrer und hasste Autos. Er war ein Rebell und fühlte sich als Revolutionär. Für mich hieß er Che Guefahrrad. Gern nahm er an Demos der Fahrrad-Aktivisten teil. Es war für ihn ein Muss. Hier konnte man zu Hunderten den Autofahrern mal so richtig zeigen, wer der Herr der Straßen und Kaiser des Kessels war oder sein könnte. Gegenseitig pushte man sich in einen ekstaseähnlichen Rausch von Macht und Omnipotenz.

Unlängst beobachtete er auf dem Heimweg von einer solchen Demo und mit höchster innerer Befriedigung, wie ein kleiner, grüner Fiat 500 in der Nähe des Bihlplatzes in Heslach verzweifelt einen Parkplatz suchte. Zunächst versuchte der Fahrer, an der Ecke einer Kreuzung, ohne den nötigen Mindestabstand zur Kurve einzuhalten, zu parken. Joachim studierte das Geschehen ganz genau. Der kleine Fiat wollte jetzt offensichtlich in einer Einfahrt parken. Vor einer Garageneinfahrt standen bereits zwei Autos hintereinander. Ein drittes hätte dort nur zu zwei Dritteln hingepasst und den halben Gehweg blockiert.

Da mussten der Rebell und Sheriff in ihm energisch eingreifen. Wie rein zufällig blieb er genau an der Stelle der Einfahrt auf dem Gehweg mit seinem Fahrrad stehen und spielte mit seinem Smartphone. Eine junge Frau stieg aus dem Auto und fragte ihn, ob er da stehen bleiben wolle.

»Könnte ich ja!«, entgegnete er forsch. Im Übrigen sei das ja ein Gehweg, und in der Einfahrt gebe es ja sowieso keinen Platz. Die junge Frau blieb verzweifelt, aber ruhig stehen. Nicht so ihr Mann, der das Ganze aus dem Auto vom Fahrersitz aus verfolgt hatte. Dieser ging schnurstracks auf Joachim zu und baute sich vor ihm auf. Er wollte Joachim klarmachen, dass sie jetzt in die Einfahrt fahren wollten und dass das, was Joachim hier anstelle, Nötigung sei. Das kümmerte Joachim wenig. Er dürfe hier auf dem Gehweg stehen und auf sein Smartphone sehen. Das sei sein gutes Recht. Im Übrigen sei in der Einfahrt kein Platz, wiederholte er. Ordnung müsse sein. Das gehe ihn überhaupt nichts an, sagte der Mann. Und dass Joachim wohl krank sein müsse, er nur provozieren wolle und ob ihm noch zu helfen sei. Die Situation spitzte sich zu. Joachim könne von Glück reden, dass die beiden nicht allein seien, sonst könne er für nichts garantieren, meinte der Autofahrer.

Joachim war es ein wenig unwohl, doch er fühlte sich angesichts einiger Passanten, die inzwischen die Szene beobachteten, und der Tatsache, dass er seinen Fahrradhelm trug, ziemlich sicher. Zusätzlich tat er auch so, als nähme er die Szene mit seinem Smartphone auf. Und dann wurde er sogar noch frech und sagte: »So gereizt können Sie sowieso nicht mehr Auto fahren!« Es war ihm wohl wichtig, den Mann zu siezen.

Inzwischen kam ein zweiter Mann aus dem Haus. Es war der Schwager des Autofahrers. Es war seine Einfahrt, und er stellte die beiden Autos weiter nach vorne, so dass es genug Platz für ein weiteres Auto gab.

»Und jetzt?«, fragte der Mann Joachim.

»Das konnte ich doch nicht wissen!«, antwortete dieser jetzt sichtlich verunsichert.

»Und ich muss dir auch nichts erklären, du kranker Provokateur!«, beschimpfte ihn der Mann. »Sei froh, dass du so glimpflich davonkommst!«

Joachim versuchte, sein Smartphone in seiner Umhängetasche zu verstauen, und stieg mit gespielter Seelenruhe auf sein Fahrrad. Klar war ihm inzwischen mulmig geworden, aber auf der anderen Seite, was sollte ihm schon groß passieren. Jetzt musste er sich aber sputen. Er hatte durch den Vorfall eine halbe Stunde verloren. Seine Frau wartete schon mit dem Essen auf ihn. Und schließlich wollte er sich jetzt nach dieser Heldentat auch feiern lassen.

»Du hast dein Smartphone verloren, du Idiot!«, schrie ihm der Typ plötzlich laut hinterher. Joachim erschrak. Blickte zurück. Tatsächlich, der Mann hielt es zwischen zwei Fingern. Es musste ihm bei dem Versuch, es in die Tasche zustecken, hinuntergefallen sein – das dachte Joachim in dem Moment, als er wieder nach vorne schauen wollte und mit dem Kopf auf einen ordnungsgemäß geparkten SUV knallte. SUVs hasste er am allermeisten. Sein Fahrradhelm schützte ihn vor einer schlimmen Schädelverletzung, trotzdem reichte es für eine schwere Gehirnerschütterung, eine gebrochene Nase und ausgeschlagene Schneidezähne. Er hatte Glück. Bis zum Marienhospital waren es nur noch wenige Meter. Sein Fahrrad konnte er nur noch schieben.

Seine Frau musste mit dem Essen noch längere Zeit auf ihn warten.

42 | Neue Schuhe für Niko

Unlängst wollte Sibylles Cousin Niko Schuhe kaufen. Eigentlich wollte das nicht er, sondern seine Frau Ute. Sie war der Überzeugung, es wäre längst mal wieder an der Zeit für ein neues Paar. Niko trug immer seine Lieblingsschuhe, bis diese mehr oder weniger auseinanderfielen. An diesem bedeutenden Punkt waren seine jetzigen schon längst angekommen. Widerwillig versprach er Ute, neue zu kaufen.

Auf dem Weg zu einem VfB-Spiel machte Niko deshalb einen Schlenker über die Königstraße. Er hasste Einkaufen. Aber er liebte seinen VfB Stuttgart. Linsen und Spätzle waren für ihn das Größte, dann kam der Zwiebelrostbraten seiner Frau Ute, dann aber kam auch schon sein Lieblingsfußballverein, der VfB Stuttgart. Trotz ständigen Aufs und Abs, ständigem Wechsel zwischen schlecht und schlechter ist er seinem Verein treu geblieben. Auch wenn der genau genommen eigentlich zu Bad Cannstatt gehört. Er war ein Roter. Und kein Blauer. Auch wenn die Stuttgart Kickers beinahe seine Nachbarn waren. Niko ist Auf dem Haigst aufgewachsen, in einer der schönsten und teuersten Ecken Stuttgarts – mit viel Sonne und einem bemerkenswerten Blick über den Kessel.

Inzwischen lebt er in einer noblen Wohngegend in Gerlingen. Da kann man sich auch mal ein neues Paar Schuhe leisten. Im Schuhgeschäft, gedanklich schon beim VfB-Spiel, steuerte er gleich den ersten Schuh an, der am Eingang auf einem Sockel präsentiert wurde. Ein schöner, heller Leinenschuh. Würde Ute bestimmt auch gefallen. Er probierte ihn gleich an, aber der Schuh passte nicht. Niko fragte die Verkäuferin, ob es den denn auch in Größe 42 gäbe. Klar, sagte diese, es gibt ihn größer, aber er wisse schon, dass er hier in der Damenabteilung sei?

43 | Starthilfe für Sibylle

Ende der Achtziger trat Sibylle, mit ihrem frischen Abschluss zur Grafikerin am Kolping-Berufskolleg in Stuttgart in der Tasche, ihre erste Arbeitsstelle an, als Grafikerin in einer kleinen Werbeagentur in Kornwestheim. Sie wohnte zu dieser Zeit noch bei ihren Eltern in Maichingen in der Landhaussiedlung. Von Maichingen war es eine ordentliche Strecke bis Kornwestheim. Also benötigte sie ein Auto und dachte darüber nach, einen gebrauchten Golf zu kaufen. Einen Golf hatte sie auch in der Fahrschule gefahren. Ihr älterer Bruder Stefan riet ihr aber zu einem Passat Kombi. Der habe den gleichen Motor wie der Golf, sei ansonsten aber viel praktischer. Damit könne sie auch mal was Größeres transportieren, meinte Stefan. Das war nicht ganz uneigennützig, denn Stefan war ein großer Auto-Bastler und musste ständig irgendwelche NSU-Prinz-Ersatzteile wie Karosserieteile, Getriebe bis hin zu kompletten Motoren irgendwo in alten Scheunen im Umland auftreiben und in seine Bastlerwerkstatt befördern. Sibylle sah das ein, und so wurde es ein roter vierzehn Jahre alter Passat Kombi. Zwar noch mit einem Jahr TÜV, aber technisch und mit der rostigen Karosserie nicht unbedingt perfekt. Aber Stefan sollte ja auch eventuelle Reparaturen übernehmen. Er war ohnehin der Techniker im Haus.

Eines Wintermorgens bemerkte Sibylle beim Losfahren zur Arbeit, dass die Batterie des Passats schwächelte. Er wollte einfach nicht mehr anspringen. Kein Problem. Stefan war da und holte die Starthilfekabel, überbrückte von seinem Auto, und Sibylles Passat sprang sofort wieder an. Zusätzlich gab er ihr noch den Tipp, in der Mittagspause ein wenig herumzufahren, damit sich die Batterie aufladen und erholen könne.

Sibylle parkte vor der Werbeagentur, die sich in einer abgelegenen, kleinen Gasse befand. In der Mittagspause ging sie zum Auto, um ein wenig herumzufahren, wie sie es mit Stefan besprochen hatte. Doch ihr Auto sprang schon gar nicht mehr an. Da es am Abend zu dieser Jahreszeit früh dunkel wurde, wollte Sibylle schon jetzt gleich jemand Hilfsbereiten und Vertrauenswürdigen finden und um Starthilfe bitten. Sie musste weit laufen, um überhaupt auf jemanden zu stoßen.

Erst an einer Tankstelle traf sie auf einen älteren, seriösen Herrn, den sie fragen konnte. Schüchtern und durchfroren sprach sie ihn an.

»Entschuldigung, könnten Sie mir bitte Starthilfe geben?«

»Oje ...«, antwortete der Mann mitfühlend. »... wieviel Geld brauchen Sie denn?«

Bevor Sibylle antworten konnte, kam er schon mit einem Lösungsvorschlag. »Sie müssen wissen, ich bin Hobby-Fotograf und suche ein Modell.«

Schnell konnte das Missverständnis aufgeklärt werden. Tatsächlich war der Mann mit dem Auto da, besaß ein Starthilfekabel und konnte Sibylle damit helfen. Als der Passat wieder angesprungen war und er sich verabschiedet hatte, drehte er sich noch einmal kurz um.

»Falls Sie sich das mit den Fotos doch noch mal überlegen wollen ... Ich schreibe Ihnen mal meine Nummer auf.«

44 | München – Karlsruhe – München

Anfang der Neunziger hatte mein Äffle & Pferdle-Kollege Armin Lang senior in der Filmproduktion in München zu tun und wollte anschließend mit dem Zug heim nach Stuttgart fahren.

Dazu muss man wissen: Armin Lang senior entwickelte 1959 mit seinem Bruder Volker Lang und dem Grafiker Werner Klein die Zeichentrickfiguren Äffle & Pferdle für den damaligen SDR, heute SWR. Nachdem Armin Lang senior 1996 verstorben war, schrieb ich die Geschichten weiter. 2010 brauchte man wieder Äffle & Pferdle-Synchronstimmen für Radio, Kino und Internet. Nach einem Casting wurde Volker Lang die Pferdle-Stimme und ich die Äffle-Stimme. Beide Figuren waren anfangs von Armin Lang senior gesprochen worden.

Die Produktion war damals in München, das Büro und Armins Wohnung waren in Stuttgart. So fuhr er also spätabends nach einer Produktion mit dem Zug von München zurück. Er bestellte sich noch einen Wein und machte es sich dann in seinem Abteil gemütlich. Müde von der Arbeit schlief er schnell ein. Als er wieder aufwachte, hatte der Zug bereits in Karlsruhe angehalten. Er hatte Stuttgart verschlafen. Eilig stieg er schlaftrunken aus, um den nächsten Zug zurück zu nehmen. Dieser kam aber erst ein paar Stunden später – am frühen Morgen. Frierend verbrachte Armin die restliche Nacht am Bahngleis, bis der Zug endlich kam und er einsteigen konnte.

Während dieser Fahrt schlief er nach einem weiteren Wein wieder ein. Er schlief gut und tief. Bis ihn ein Schaffner weckte. »Entschuldigung, Sie müssen jetzt bitte aussteigen. Endstation München Hauptbahnhof.«

45 | Kessel-Zwillinge

Echte Stars haben Doubles. Ich auch. Und das kam so: Udo Schöbel und Babs Steinbock sind Freunde von mir und spielen in der Stuttgarter Band Cleanin' Women. Babs hat das Jägerhaus in Stuttgart-Luginsland, in dem ich auch schon Äffle & Pferdle-Auftritte hatte und mit Volker Lang den Hafer- und Bananenblues sang.

Die Saxofonistin und Sängerin Moni Ramoni ist ebenfalls ein Bandmitglied der Cleanin' Women. Unlängst kontaktete ich Moni über Facebook. Als sie mein Foto sah, dachte sie zunächst, ihr Freund Oli veräppelt sie mit einem zweiten Facebook-Account unter einem anderen Namen. Auf der Kulinart, einer kulinarischen Messe im Römerkastell in Bad Cannstatt, liefen Moni, Oli und ich uns vor ungefähr zwei Jahren dann zufällig zum ersten Mal über den Weg. Tatsächlich bestand Verwechslungsgefahr. Gleiche Optik – gleicher Geschmack, Hut, Bart, Brille und noch viel mehr.

Facebook verwechselt uns ständig. Möglicherweise haben Oli und ich den gleichen IQ, weshalb die intelligente Gesichtserkennung kläglich scheitet. Wir sind aber häufig und zufällig auf denselben Veranstaltungen. Und da kommt es ständig zu lustigen Verwechslungen, wenn Leute, die mich eigentlich gut kennen, Oli begrüßen wollen. Äffle & Pferdle-Fans wollen regelmäßig Autogramme von ihm. Selbst meine besten Freunde, die aus Eitelkeit ihre Brille zu Hause lassen, haben Oli schon für mich gehalten. Schwierig wird es natürlich, wenn Oli neben Sibylle steht oder ich neben Moni stehe. Einmal wollte sich Oli auf einer Vernissage in Degerloch ein Buch vom

Fotokünstler Vince Voltage signieren lassen. Bevor dieser »Für Heiko« reinschreiben konnte, konnte Oli ihn gerade noch rechtzeitig bremsen.

Unglücklicherweise haben wir auch einen ähnlichen Klamottengeschmack. Oli bestellte sich einen Mantel online. Als dieser bereits zu ihm unterwegs war, sah er ein Foto von mir in den sozialen Netzwerken mit genau diesem Mantel. Das ging natürlich nicht. Er hat ihn, ohne ihn auszupacken, gleich wieder zurückgeschickt und bewundert seitdem meinen. Ich wollte ihm den auch schon ausleihen. Er würde ihm passen. Als eineiige Zwillinge hat man ja die gleiche Größe.

Wer allerdings aufpasst, kann uns anhand des Dialekts unterscheiden. Oli ist Badener und ich Württemberger. Ja, wahrscheinlich sind wir wohl kurz nach dem Krieg verschütt gegangen und getrennt in den unterschiedlichen Landesteilen aufgewachsen. Wir sind quasi der Bindestrich zwischen Baden und Württemberg und rechnen ständig mit einer beziehungsweise zwei Einladungen von Landesvater Kretschmann als Vorbild für Völkerverständigung.

Außerhalb Baden-Württembergs wurden wir beide schon für den Sänger Gregor Meyle oder »Heisenberg« Walter White aus der US-TV-Serie Breaking Bad gehalten. In Italien mussten wir beide schon für Foto-Sessions als italienischer Sänger Mario Biondi herhalten.

Auch die Stuttgarter Zeitung hat uns verwechselt. Da hieß es mal: »Bei der Charity-Veranstaltung wurde Autor und Moderator Heiko Volz gesehen.« Pustekuchen! Ich wollte zwar hin. Lag dann krank auf dem Sofa. Und es reichte schon, dass Oli da war und gesehen wurde.

Inzwischen mussten Oli und ich auch schon als die »Kessler-Zwillinge« als Modelle für Modewerbung herhalten. Selbstverständlich im Partnerlook.

46 | Geisterstunde

Unlängst wohnte Sibylle mit ihrer Freundin Colette in einer Zweier-WG im Stuttgarter Westen in der Schwabstraße. Es war ein altes Haus, um 1900 gebaut, mit knarrenden Böden. Direkt unter dem Haus fuhr die S-Bahn durch. Selbst im vierten Stock schepperte das Geschirr in den Schränken. Im Treppenhaus traf man selten jemanden, man hörte aber oft Stimmen. Das Haus hatte auch einen alten, riesigen Gewölbekeller, in dem das Licht meist kaputt war.

Sibylle hatte eine neue Arbeitsstelle in Esslingen. In einer Werbeagentur, die nur aus ihr und ihrer Chefin bestand. Vorher hatte es noch zwei Mitarbeiterinnen gegeben, die gekündigt worden oder geflohen waren. Diese beiden sollte Sibylle ersetzen. Ein Stressjob ohne Freizeit. Sibylle kam unter der Woche zu gar nichts anderem mehr. Am Wochenende besuchte sie ihre alten, kranken Eltern in Maichingen. Kaufte für sie ein und schaute, was sonst zu tun war. Ihre Eltern abonnierten auch Zeitschriften für Sibylle, die zu ihnen geliefert wurden. Zudem war ihr Vater ein guter Reader's-Digest-Kunde. Häufig gab er ihr Reader's-Digest-Produkte und Kundenprämien mit. Taschenweise schleppte Sibylle diese nach Hause in die Schwabstraße.

Unter der Woche kam Sibylle meist spät in der Nacht von der Arbeit nach Hause. Ihre Mitbewohnerin Colette sah sie selten, da sie dann meistens schon im Bett war. Zu Hause angekommen, fiel Sibylle meist sofort erledigt ins Bett, schlief aber trotzdem schlecht. Die Gedanken an die unerfreuliche Arbeit und die unangenehme Chefin hielten sie lange wach. Ihr graute es schon vor dem nächsten Tag. Zusätzlich wachte sie jede Nacht etwa um drei Uhr von einem geheimnisvollen Geräusch auf. Im Halbschlaf hielt sie es immer für einen schlechten Traum und schlief wieder ein. So wusste sie nicht, ob sie vielleicht jede Nacht den Traum hatte, um drei Uhr aufzuwachen und ein mysteriöses Geräusch zu hören.

An einem Sonntagmorgen erzählte Sibylle Colette von diesen nächtlichen Vorfällen. Colette hatte nie was gehört. Es musste sich um einen Traum handeln. Trotzdem blieben die Vorfälle wochenlang ein Thema zwischen den beiden.

Eines Nachts kehrte Sibylle um ein Uhr nachts von der Arbeit zurück. In der Wohnung brannte kein Licht. Es war mucksmäuschenstill, wie immer um diese Uhrzeit. Als sie das Licht in ihrem Zimmer anknipste, bekam sie einen Riesenschreck. In ihrem breiten Himmelbett lag bereits jemand. Ihr entfuhr ein Schrei. Der Person ebenfalls. Es war Colette. Als Frau der Tat wollte sie den Geräuschen ein für alle Mal auf den Grund gehen und das Mysterium lösen. Sibylle legte sich zu ihr. Beide schliefen ein.

Plötzlich fuhren beide gleichzeitig im Bett hoch. Da war es tatsächlich wieder. Dieses unangenehme Geräusch. Für Sibylle nichts Neues, sie fühlte sich endlich bestätigt, doch Colette wurde kreidebleich und flüsterte: »Jetzt höre ich es auch ...«

Sibylle schlief sofort wieder ein, wohl wissend, dass das Geräusch nach kurzer Zeit wieder von allein verstummen würde. Colette aber versuchte, nachdem sie sich wieder gefangen hatte, diesem wimmernden Summen auf den Grund zu gehen. Sie war hellwach und hüpfte aus dem Bett, um das Geräusch zu orten. Es schien ihr hinter der offenen Schlafzimmertür hervorzukommen. Mutig riss sie die Tür ruckartig nach vorne und schaute dahinter. Sie war auf das Schlimmste gefasst und hatte sich mit einem Hausschuh bewaffnet. Aber zu ihrer großen Erleichterung war da niemand.

An der hinteren Türklinke hing nur eine große Baumwolltasche, gefüllt mit Reader's-Digest-Produkten und Kundenprämien. Colette leerte alles auf dem Bett aus und entdeckte einen kleinen Reisewecker, der auf drei Uhr gestellt war. Als ich kurz darauf zu Sibylle in die Wohnung zog, tauchte dieses Geräusch jedenfalls nie mehr auf. Colette hatte das Rätsel für alle Zeiten gelöst.

47 | Geschabt oder gehobelt

Unlängst war ich mit anderen Schwaben-Experten bei unserem Ministerpräsidenten Winfried Kretschmann im Neuen Schloss geladen, zu einer Tagung, die sich dem Erhalt des Dialekts widmete. Wir wurden in Arbeitsgruppen eingeteilt. Ich landete bei Presse- und Öffentlichkeitsarbeit und erzählte, wie wir Äffle & Pferdle markentechnisch so weit nach oben gebracht haben. Es war ein vergnüglicher Nachmittag mit vielen Schwabenpromis – von Matthias Richling, Wommy Wonder, Hannes ohne Bürgermeister bis Dodokay. Maultaschen und Trollinger wurden gereicht.

Als ich abends die Veranstaltung verließ – es war gerade Weihnachtsmarkt –, begegnete mir ein junges Paar im Schlossgarten. Er sagte zu ihr: »Da hocket se im Neue Schloss, die feine Herrschafta, die Großkopfede, und verfresset onsre Steuergelder.« Augenblicklich wusste ich, dass Kretschmanns Ängste um den Verlust des Dialektes unberechtigt waren.

Bei solchen Veranstaltungen hat man leider kaum Gelegenheit, um mit Winfried Kretschmann zu reden. Zu viele Leute, die ein Selfie mit ihm machen wollen. Ganz anders verhält es sich mit seiner Frau Gerlinde. Bei der Eröffnung der Schwaben-Ausstellung im Württembergischen Landesmuseum im Alten Schloss konnte ich mich in Ruhe mit ihr an ein kleines Tischchen zurückziehen und mich beschweren. Nämlich darüber, was ich kürzlich in einem guten schwäbischen Lokal in der Stuttgarter Innenstadt erlebt hatte. Dort hatte ich Linsen und Spätzle mit Saitenwürschtle bestellt. Was mir gebracht wurde, waren Linsen, Spätzle und eine Saitenwurst. Auch Gerlinde

Kretschmann fiel vom Glauben ab. Das weiß doch jedes kleine Kind, dass es Saiten nur paarweise gibt. Die werden doch schon als Paar geboren.

Da wir schon beim Thema der schwäbischen Küche waren, sprachen wir auch über die richtige Herstellung von Spätzle. Gehobelt, gedrückt oder geschabt? Für mich gibt es da nur eines: geschabt. Kleinlaut gestand mir unsere Landesmutter, dass sie noch nie welche selbst von Hand geschabt hatte. Sie versprach mir, das aber in Bälde zu tun. Wochen später schrieb sie mir stolz, dass sie jetzt auch zu den Spätzleschabern gehöre.

48 | Bürgermeister Volz

Unlängst wachte ich morgens mit einer üblen Stimmung auf. Grund dafür war der Traum, den ich kurz vor dem Aufwachen hatte und der mich noch umtrieb. Dieser Traum handelte von einer Stuttgarter Oberbürgermeisterwahl. Was mich ärgerte, war, dass mich meine besten Freunde drängten zu kandidieren. Ich wollte es absolut nicht und musste mir Sprüche anhören wie »Heiko, du schaffst das!« und »Wenn nicht du, wer sonst?!« Ich ärgerte mich saumäßig über meine beharrlichen »guten« Freunde. Total in Rage erzählte ich Sibylle den Traum noch im Bett. Und so was am letzten Urlaubstag in Neapel. Am Spätnachmittag sollte es nämlich wieder mit dem Flieger zurück nach Stuttgart gehen. Glücklicherweise habe ich den Traum mit dem verbundenen Ärger über den Tag aber total vergessen.

Wieder in Stuttgart gelandet, fuhren wir vom Flughafen mit der S-Bahn nach Hause. In der Bahn war ein Filmteam unterwegs, welches Leute vor der Kamera interviewte. Da ich zu dem Zeitpunkt selbst als TV-Redakteur und -Moderator für Regio TV arbeitete, war ich neugierig und wollte ihnen eventuell helfen, da ich ja wusste, wie schwierig es war, Leute für Straßeninterviews zu bekommen. Als ich sie ansprach, entpuppten sie sich – es waren zwei Männer und eine Frau – als ein Filmteam, das aus Italien angereist war. Mit meinem besten aufgefrischten Italienisch fragte ich sie, was sie da drehen. Sie erzählten mir von einem kleinen Ort in der Nähe von Pompeji. Dort gebe es einen sehr beliebten und kompetenten deutschen Ingenieur, der sehr fleißig sei und sich erfolgreich um das architektonische Ortsbild kümmere. Demnächst seien Bürgermeisterwahlen, und nachdem der deutsche Ingenieur aus Altersgründen nicht Bürgermeister werden wollte, suchte man jetzt einen deutschen Kandidaten. Darum seien sie in Deutschland, um Video-Castings zu machen. Diese Castings waren nicht ganz ernst gemeint, eher eine launige Idee des italienischen Lokalsenders.

Jetzt wollten sie mich auch casten. Ich sollte ihnen etwas über meinen Bezug zu Italien erzählen. Das machte ich natürlich. Seit Jahrzehnten bin ich jedes Jahr in Italien, Sardinien oder Sizilien. Als ich gerade so mitten im Schwelgen war, stupste mich Sibylle an und erinnerte mich an meinen Traum, den ich längst vergessen hatte. Den erzählte ich dem Filmteam. Jetzt fand ich diese Verbindung von Traum und Wirklichkeit sehr lustig und konnte gar nicht mehr verstehen, warum ich morgens noch so verärgert war. Das Filmteam zweifelte dann aber wohl an meiner Glaubwürdigkeit, denn nach dem Casting hörte ich nie mehr von ihnen, obwohl sie meine Kontaktdaten hatten.

49 | K 70

Es war Mitte der Achtziger, und über den Sommer fuhr ich Motorrad, nur über den Winter hatte ich ein Auto. Ein sogenanntes Winterauto, das ich für maximal 500 DM kaufte und das einen Winter halten musste. In besagtem Winter war es ein alter VW K 70, Baujahr 1973, für 350 DM von meinem Arbeitskollegen Bernd aus dem Ehapa-Verlag gekauft. Damals wohnte ich noch auf den Fildern, am Rande Stuttgarts, in der Prärie.

Eines Abends, als es schon langsam dunkel wurde, fuhr ich vom Verlag nach Hause. An einer T-Kreuzung stand ein großer, alter Opel. Die Insassen wussten wohl nicht, ob sie links oder rechts abbiegen sollten. Sie hatten die Ruhe weg und machten keine Anstalten, sich zu bewegen. Ich musste nach links, kam aber wegen des Gegenverkehrs nicht links auf der Straße an diesem Opel vorbei, so dass ich rechts mit zwei Rädern halb im Acker fahren musste. Ich fuhr an dem stehenden Fahrzeug rechts vorüber und bog vor ihm links ab. Beim Vorbeifahren sah ich im Innenraum zwei finstere Rocker-Gestalten in schwarzen Lederjacken sitzen. Denen schien mein Manöver wohl überhaupt nicht zu passen, denn plötzlich hatten sie es eilig, mich zu verfolgen. So eilig sogar, dass sie an meiner Stoßstange klebten.

Was tun? Eigentlich wollte ich nach Hause, das traute ich mich aber nicht. So fuhr ich ein wenig in der Gegend herum in der Hoffnung, dass es den Typen langweilig würde. Das wurde es ihnen aber nicht. Es war eine Zeit lange bevor es Handys gab und mobile Telefone. So was Ähnliches gab es nur bei »Raumschiff Enterprise« – eine meiner Lieblingsserien, die auf einem von drei Fernsehsendern kam, was eine Fernbedienung schon überflüssig machte. Ich fuhr bereits eine halbe Stunde umher, und die Zeit kam mir ewig lang vor. Im Kopf hatte ich schon sämtliche Szenarien durchgespielt. Ich überlegte mir sogar kurz, direkt zur Polizei zu fahren.

Ich schaute auf die Uhr – um die Zeit könnte mein Freund Wolfgang schon bei sich zu Hause sein, um mir zur Hilfe zu eilen. Also fuhr ich voller Hoffnung zu ihm nach Echterdingen, die Killer im Nacken. Ich parkte direkt vor Wolfgangs Haus unter seinem Fenster. Hupte kurz und stieg aus. Angriff ist die beste Verteidigung. Mit zehnjähriger Kampfsporterfahrung, auch im Umgang mit Hieb- und Stichwaffen, kann man sich zwar verteidigen, aber man ist auch kein unverwundbarer Superheld. Mit Anfang zwanzig war ich noch ein zartes Bürschchen von 70 Kilo. Kräftemäßig war mir jedes der beiden Monster wahrscheinlich überlegen. Aber ich hatte meinen alten VW K 70. Der war glücklicherweise so häufig defekt, dass es sich für mich nicht lohnte, mein Werkzeug wieder in die Garage zu räumen. So lag es immer ausgebreitet lose neben mir im Beifahrerfußraum.

Ich griff mir den größten Schraubenzieher. Bevor die Gauner aussteigen konnten, stand ich an ihrer Fahrertür, zog mit meinem Schraubenzieher einen horizontalen Kratzer über das komplette Seitenfenster, klopfte dann damit gegen die Scheibe und forderte sie cool auf auszusteigen. Bis mein Freund Wolfgang bei mir auf der Straße war, waren die Riesen kleinlaut und ohne überhaupt ans Aussteigen zu denken losgefahren. Vermutlich zur nächsten Autowerkstatt. Carglas gab es damals ja noch nicht.

50 | Taunus-Zeiten

Ende der Siebziger waren Männer noch Männer. Damals machten Männer nicht Autos, sondern Autos machten Männer. Vor allem aus Achtzehnjährigen. Mit achtzehn Jahren wurde ich damit sogar zum Helden. Wenngleich unfreiwillig.

Ich erinnere mich noch gut daran, als mich meine Eltern eines Abends in die Küche riefen. Das Tribunal erwartete mich schon am Küchentisch sitzend. Lange Rede, kurzer Sinn: Mein Vater wollte sich ein größeres Auto kaufen. Einen Ford Granada Kombi. Und ich sollte sein bisheriges Auto, einen Ford Taunus, übernehmen. Schon in der nächsten Woche sollte ich mich in der Fahrschule anmelden, ob ich wollte oder nicht.

Eine grauenhafte Zeit begann. Vor jeder praktischen Unterrichtsstunde stand ich zitternd am Fenster und schaute hinaus, um das unausweichliche Erscheinen des Fahrschulautos mit meinem Fahrlehrer Herrn Stephan zu erwarten. Dazu kamen noch die Wochenenden mit meinem Vater auf dem Verkehrsübungsplatz. Als ich die theoretische Prüfung bestanden hatte, musste ich mich bereits bei Familienbesuchen hinter das Steuer des neuen Granada setzen, um die Familie in den Schwarzwald zu Verwandten zu kutschieren. Blut und Wasser habe ich dabei geschwitzt. Mein Vater war da sehr viel cooler gewesen. Zum Glück ist nie was passiert, und wir wurden auch nie von der Polizei angehalten.

Letztendlich war ich dann der Erste in meiner Clique mit Führerschein und einem eigenen Auto. Und somit der Star und der Held. Mit einem metallicblauen 73er Ford Taunus, 1300 Kubik mit 55 PS, ein zweitüriges Coupé mit Stufenheck. Er ähnelte ein wenig seinem amerikanischen Verwandten, dem Ford

Mustang. Wir fühlten uns wie Steve McQueen im Kino-Blockbuster »Bullit«. Mein Taunus hatte fünf Sitzplätze, welche immer ausgereizt wurden. Besonders begehrt waren die Vordersitze, denn nur da ließen sich die Fenster herunterkurbeln und die Ellenbogen auflegen - am liebsten im Muscle-Shirt, sofern man es sich erlauben konnte. Dennoch hingen meist Spatzenärmchen raus. Außerdem drehten wir den Knopf am Radio bis zur vollen Lautstärke auf. Oder spielten unsere Lieblingsmusik auf Kassette ab. Wir liebten Rock'n'Roll und die Rockmusik aus den Sechzigern und Siebzigern.

Jeden Abend kamen meine Kumpels zu mir, parkten ihre Kleinkrafträder und Mofas im Hof, und der frisch polierte Taunus rollte aus der Garage. Stephen, Micha, Uli und Dietmar stiegen ein. Das Roadmovie konnte beginnen. Hinein in ein neues Abenteuer, dem Sonnenuntergang entgegen. Wir waren Gesetzlose, Outlaws, Desperados. Im Sommer brachen wir nachts regelmäßig verbotenerweise auf einen Verkehrsübungsplatz ein und versuchten, den Außenzirkel in immer kürzeren Zeiten zu fahren. Als wir einmal fast einen Hasen überfuhren, ließen wir das sein. In Winternächten suchten wir verschneite und vereiste Straßen. Testeten, welche Steigungen wir schafften oder bei welchem Gefälle wir das Auto noch zum Stehen bringen konnten. Auf großen Firmenparkplätzen übten wir das Schleudern. Wir probierten 180-Grad-Wendungen, 360-Grad- und 90-Grad-Drehungen, um mit angezogener Handbremse und viel Gas noch um eisige Kurven zu kommen. Wilde Zeiten, in denen die Schutzengel zum Glück noch viel Zeit hatten.

Auf unserer allabendlichen Tour fuhren wir bei schönem Wetter an allen Eisdielen auf den Fildern vor. Es waren nicht so viele. Anfangs favorisierten wir alle Spaghetti-Eis. Ein Mix aus Vanilleeis und Sahne, dekoriert mit roter Himbeersoße und Kokosraspeln. Dazu wurde das Vanilleeis durch ein Sieb zu passablen Spaghetti gedrückt, die Himbeersoße wurde optisch zur Tomatensoße und die Kokosraspel zu Parmesan. Nach ein paar Wochen wurde uns schlecht davon, und die Gruppe stieg geschlossen auf Schoko-Eisbecher um. Das funktionierte länger. Natürlich aß man das Eis nicht in der Eisdiele, auch nicht davor, sondern im direkt davor prominent geparkten Ford Taunus. Mit dem Standardprogramm: offene Fenster, aufgelegte Ellenbogen und laute Musik.

Doch irgendwann geht auch bei den größten Eis-Fans kein Schoko-Eisbecher mehr. So brauchten wir ein neues Revier. Nach den Eisdielen spezialisierten wir uns auf Dorf-Discos. Natürlich nur auf solche, vor denen man direkt parken konnte. Unsere Dorf-Disco hieß »Crazy Horse«. In alter Manier blieben wir erst einmal ungefähr eine Stunde im Auto sitzen. Dann wagten wir fünf uns rein. Es war eigentlich ganz gut voll, aber die Musik, Disco-Stampf der Achtziger, war nicht unser Geschmack. Also waren wir alle wieder ruckzuck draußen am Auto. Ich schloss den Taunus auf, setzte mich, steckte den Schlüssel ins Zündschloss, lehnte mich rüber, um meinem Kumpel Micha die Seitentür zu öffnen, und erlebte eine Überraschung. Seit wann hatte ich so fette Türlautsprecher? Seit wann hatte ich überhaupt Türlautsprecher? Geistesgegenwärtig empfahl ich ihm, nicht einzusteigen, stieg selbst auch schnell wieder aus und schloss wieder ab. Gleiches Modell wie meiner, gleiche Farbe, gleiche ausgeleierte Schlösser. Wir fanden meinen Taunus zwei Parkplätze weiter.

Eines Nachts saßen wir fünf also alle wieder ganz brav und erwartungsvoll im Taunus vor der Bonländer Dorf-Disco »Crazy Horse«. Damals wusste ich noch nicht, dass dies ein berühmter Häuptling der

Oglala und an der Schlacht am Little Bighorn beteiligt war. Unser Little Bighorn war hier und jetzt, als plötzlich ein Citroën 2 CV – also eine Ente – einparkte. Trotz Dunkelheit erkannten wir zwei Mädchen. Die begannen sofort, noch im Auto, herumzualbern und zu kichern. Äußerlich blieben wir cool, aber wir waren durchaus interessiert. Unsere Musik gefiel ihnen, wir plauderten ein wenig von Fenster zu Fenster. Irgendwann meinten die beiden, dass hier nix los und das Crazy Horse sowieso »scheiße« sei und sie deshalb woandershin wollten. Sie fragten uns, ob wir mitkämen. Das war genau die Sprache, die wir auf Anhieb verstanden.

»Klar«, sagten wir, »fahrt mal los, wir kommen hinterher.« Und los ging es.

Eine wilde Fahrt durch die Prärie, in Schlangenlinien über leere Landstraßen. Sie hatten ihr Faltdach zurückgeklappt, die Beifahrerin lehnte sich aus dem offenen Dach und warf uns wilde Handküsse zu. Ein paar Dörfer weiter hielten wir alle vor einem Café. Wir parkten die Autos nebeneinander und entschieden uns, gemeinsam hineinzugehen. Der Parkplatz war dunkel, im Café war es gut beleuchtet. Dort sahen wir die Bräute erstmals bei Licht. Blitzartig schauten wir fünf gleichzeitig auf unsere Armbanduhren und bemerkten, dass es doch schon sehr spät sei und wie früh wir doch morgen alle rausmüssten. Zum zweiten Mal wurde am Little Bighorn eine Schlacht verloren.

Unser Revier wurde zu klein. Wir mussten es erweitern und waren gezwungen, uns bis nach Stuttgart zu wagen. Die Weinsteige galt damals für Landeier, wie wir es waren, als eine unüberbrückbare Hürde. Wenn der Fahrlehrer einem mitteilte: »Heute fahren wir über die Weinsteige!«, wurde jeder Fahrschüler schlagartig blass und stumm. Nichtsdestotrotz, wir wagten es, fuhren an einem Samstagnachmittag in den Kessel hinunter, fanden einen Parkplatz am Straßenrand in der Innenstadt und bummelten ein wenig über die Einkaufsstraßen im Städtle. Stolz fuhren wir dann wieder die Weinsteige hoch auf die Fildern. Am Abend waren wir immer noch stolz und hatten voller Übermut die Idee, dass Stuttgart bei Nacht ja auch spannend sein könnte.

Ruckzuck saßen wir am Abend des gleichen Tages wieder im Auto Richtung City über die Weinsteige. In der Innenstadt angekommen, fanden wir - diesmal nach längerem Suchen - auch wieder einen Parkplatz. Wir gingen ins Kino. Als wir wieder aus dem Kino kamen und zum Auto liefen, traf uns der Schlag. Mein Taunus war weg. Jetzt entdeckten wir auch das Schild für absolutes Halteverbot. Mist - er war abgeschleppt worden! Alle hassten wir jetzt plötzlich Stuttgart. Micha wusste vom Hörensagen, dass alle Autos zur Zuckerfabrik abgeschleppt würden. Wo die Zuckerfabrik war, wusste er nicht, doch der Fahrer des Taxis, das uns dort hinbringen sollte, wusste es. Mitten in der Fahrt schrie ich plötzlich: »Stopp! Sofort umkehren!!!!«, denn mir war eingefallen, dass wir den Taunus da gesucht hatten, wo wir ihn mittags abgestellt hatten, und wir abends ganz woanders geparkt hatten. Jetzt hassten wir Stuttgart noch mehr. Mein Ford Taunus erwartete uns bereits.

Für die nächste Zeit hatten wir erst einmal genug von Stuttgart. Wir waren einfach noch nicht so weit. Und so schlecht war das Spaghetti-Eis auf den Fildern ja auch nicht.

51 | Der schöne Bruno vom Bad Berg

Unlängst, im Jahr 2017, machte ich als Fernsehreporter einen Bericht über Bruno Stickroth, besser bekannt als der schöne Bruno. Der schöne Bruno ist die Mineralbad-Berg-Legende schlechthin. Nicht wegzudenken in den letzten fünf Jahrzehnten. Mit seinen neunundsiebzig Jahren war Bruno eine imposante Erscheinung. Für sein Alter war er immer noch gut durchtrainiert, hatte volles, schwarz gefärbtes Haar, strahlend blaue Augen und weiße Zähne. Auch bewegte er sich wie ein Filmstar. Sein Gang erinnerte an Clint Eastwood. Viele in Stuttgart kannten ihn, aber im Bad Berg kannten ihn jeder. Deshalb trafen wir uns auch im Bad Berg, in der letzten Woche, bevor es für ungewisse Zeit wegen Renovierung geschlossen wurde, und ganz adäquat in Badehosen. Als Erstes stellten wir uns auf die Personenwaage. Das tat Bruno immer, um sich zu vergewissern, ob alles noch okay wäre. Als Bodybuilder war er einst viel schwerer gewesen und musste dann, um als Model und Schauspieler arbeiten zu können, wieder abnehmen. Sein Gewicht war für ihn immer wichtig.

Jetzt wollten wir ein paar Runden schwimmen. So etwas Action kommt gut vor der Kamera. Bruno begann zuerst mit Aufwärmübungen am Treppengeländer.

»So kannsch di warm macha und dehne und au glei a bissle trainiera, da brauchsch koine Hantla!«

Damit war Bruno für das Schwimmen aufgewärmt. Bereits nach zwei Metern war Bruno fertig. Er hatte Probleme mit der Schulter und Angst um seine Haare, seine Federn, wie er selber sagte. Das war im Bad Berg allen bekannt, denn kaum waren wir im Wasser, schrie auch schon ein betagter Senior: »Bruno, pass au uff deine Fedra uff!«

»Haja, woisch doch!«, antwortete ihm Bruno gelassen.

Jetzt setzten wir uns hoch auf die Sonnenterrasse. Ich weiß nicht mal, ob Bruno überhaupt nass geworden war. Er erzählte mir aus seinem Leben. Er hatte Arbeitsproben und Fotos in einem Ringbuch mitgebracht, in dem wir blätterten. Bruno konnte stundenlang berichten. Fast zu jedem Foto gab es Geschichten. Bruno war Boxer, Bodybuilder, Fotomodell, Schauspieler, Moderator, Sänger und der Friseur von Elvis Presley und Arnold Schwarzenegger gewesen.

Arnold Schwarzenegger lernte er bei einer Mr.-Europa-Wahl im Jahr 1968 kennen. Er sollte Arnold die Haare schneiden. Als Bruno ihn fragte, wie er es haben wollte, antwortete Schwarzenegger in tiefstem Österreichisch: »Hauptsache kurz«, damit der Kopf klein und die Muskeln groß wirken. Arnold erreichte den ersten Platz, Bruno den siebten.

Elvis kannte er zu dieser Zeit bereits länger. Ihn hatte er bereits in seiner Militärdienstzeit um 1958 kennengelernt, als Elvis in Deutschland stationiert war. Gemeinsam nahmen beide an einem deutsch-amerikanischen Manöver teil. Ein GI sprach damals Bruno an. »Do you speak English?« – »Haja, yes!«, erwiderte Bruno, und so sollte er mitkommen, um Elvis die Haare zu schneiden. Das tat er dann über die komplette Militärdienstzeit von Elvis in Deutschland.

Bruno war gelernter Friseur, schnitt sich die Haare selbst und weigerte sich – sogar mit Erfolg –, bei der Bundeswehr eine Käpsele-Frisur zu tragen. Zunächst war sein Vorgesetzter dagegen, wollte dann aber genauso von Bruno die Haare geschnitten bekommen wie seine komplette Einheit. Bruno nahm dafür einen Tagessold und hatte damit einen schönen Nebenerwerb. Das sah gut aus und sprach sich schnell rum – bis hin zu Elvis.

Bruno erzählte mir viele seiner abenteuerlichen Geschichten, an einige erinnere ich mich noch sehr gut: Als Bruno bei der Bundeswehr einrücken musste, sah er wie Tony Curtis aus, was auch Elvis sofort bemerkte und ihm ein Kompliment machte: »You really look like Tony Curtis!« Und Tony Curtis war damals nicht nur das Vorbild für Elvis, sondern auch für James Dean.

Kurz vor dem Einrücken zur Bundeswehr war Bruno in Italien gewesen, um schön braun zu werden. In Italien hatte er sich einen weißen Anzug mit spektakulärem rotem Innenfutter maßschneidern lassen und lief damit piekfein bei der Bundeswehr ein – zunächst zum Gespött vieler Kameraden. Doch als Bodybuilder und Boxer brachte Bruno sie schnell zum Schweigen. Bald war er der Chef auf der Mehrbett-Bude und entschied darüber, ob das Fenster geöffnet oder geschlossen wurde und vieles mehr.

Da es Bruno sehr wichtig war, gut und braun gebrannt auszusehen und die Bräune zu erhalten, hatte er extra einen elektrischen Gesichtsbräuner zur Bundeswehr mitgebracht. Allabendlich setzte er sich für mindestens eine halbe Stunde davor. Dementsprechend dunkel war sein Gesicht. Ein Kompaniekollege machte sich darüber ein wenig lustig, und um Bruno zu ärgern, fragte er ihn, warum er das tat. Bruno erklärte ihm, er tue das für sein volles Haar. Davon konnte der Kollege mit seinem spärlichen Resthaar nur träumen.

»Und wie lange machst du das jeden Abend?«

»Ungefähr eine halbe bis eine Stunde lang«, antwortete ihm Bruno spitzbübisch.

Bereitwillig lieh Bruno auf dessen Wunsch seinem blassen Kollegen die Höhensonne aus. Am nächsten Tag vermisste Bruno diesen Kameraden in der Kantine. Als er nach ihm fragte, erfuhr er, dass dieser mit schlimmsten Gesichtsverbrennungen im Bundeswehr-Krankenhaus liege – und Bruno das nicht gehört habe, denn es sei momentan das Thema in der ganzen Kaserne.

Bruno war überzeugt davon, in seinem Leben sehr viel Glück gehabt zu haben. Aber auch nicht immer. Von einer Pleite berichtete er mir. »Du kannsch net emmer gwenna!«, gab er zu.

Bruno wollte nämlich der Camel-Mann werden. Und so war er beim Casting. Optisch schaffte Bruno es mit Leichtigkeit in die zweite Runde. Da ging's vor die Kamera, mit einstudiertem Text. »Meilenweit für eine Camel! – Kriegen Sie das hin, Herr Stickroth?« – »Nadirlich!«, antwortete Bruno und legte los. »Meilaweit für Camel!« Man korrigierte ihn: »›Meilenweit für eine Camel!‹, muss das heißen, Herr Stickroth.« – »Okay – meilaweit für a Camel!« – »Für eine Camel, Herr Stickroth!« – »Haja, sag i doch – meilaweit für a Camel!«

Das war es dann. Bruno bekam eine schriftliche Absage mit der Begründung, optisch wäre er zwar die Idealbesetzung, aber die sprachlichen Probleme seien zu groß.

Es war ein weiteres Interview mit dem schönen Bruno zur Wiedereröffnung des Mineralbads Berg geplant. Leider verstarb er überraschend ein halbes Jahr nach unserem ersten Dreh, kurz nach seinem 80. Geburtstag, zu einem Zeitpunkt, als noch lange nicht an eine Wiedereröffnung zu denken war.

52 | Staatsfeind Nummer eins

Unlängst – in den Achtzigern – war ich politisch und demonstrierend viel unterwegs. Für Frieden und gegen Atomkraft. Mal mit langen Zottelhaaren und Parka, mal mit Irokesenfrisur und Lederjacke. Hand in Hand neben Rezzo Schlauch auf dem Stuttgarter Schlossplatz bei der Menschenkette von Stuttgart nach Ulm.

Inzwischen sei man ruhiger geworden. So könnte man meinen. Bis zum 30. September 2010, als meine Nachbarin meinte, sie müsste in den Schlossgarten hinter dem Stuttgarter Hauptbahnhof gehen. Dieser Tag sollte als der »Schwarze Donnerstag« in die Geschichte eingehen – es war drei Tage nach meinem 49. Geburtstag. Meine Nachbarin wollte Wasser zum Schlossgarten bringen, und ich wollte ins Kino gehen. Sie nahm mich also in ihrem Auto mit in die Innenstadt. Für diese Gefälligkeit revanchierte ich mich, indem ich ihr half, vor meinem Kinobesuch noch das Wasser in den Schlossgarten zu tragen. Zu dieser Zeit dachte ich noch, es sei für die durstigen Demonstranten gedacht. Ich erfuhr dann aber, dass es dem Ausspülen der Augen dienen sollte, die bei dem Polizeieinsatz durch Tränengas verätzt wurden.

Was ich dann im Schlossgarten sehen musste, war kriegsähnlich. Demonstranten, hauptsächlich bestehend aus Schülern und Rentnern, wollten mit passiver Gewalt das unerlaubte Fällen der Bäume aufhalten. Ihnen gegenüber standen Hundertschaften von Sonderpolizeieinheiten – gepanzert wie Darth Vader. Heulende, verletzte Rentner wurden von anderen Demonstranten versorgt. Notlazarette wurden errichtet. Fassungslos beobachtete ich das Geschehen aus einiger Entfernung. Dennoch erwischte mich ein

Wasserwerfer leicht. Nicht gefährlich, trotzdem war ich pitschepatschenass und konnte den Kinobesuch vergessen. Ab diesem Moment blieb ich stehen und wich keinen Schritt mehr zurück. Die Polizei kämpfte sich, einem Bauzaun vor sich herschiebend und mit Einsatz der Wasserwerfer, gegen die Demonstranten weiter nach vorne. Nach einiger Zeit waren sie auf meiner Höhe angekommen. Den Bauzaun am Bauch, eine alte Frau, zwei Köpfe kleiner als ich, neben mir, und Tausende hinter uns. Wir wollten und konnten auch nicht mehr zurückweichen. Einer der jungen Polizisten versuchte, mit der Hand durch den Bauzaun hindurch die Frau neben mir umzuwerfen.

Da wurde ich laut: »Sind Sie denn noch bei Sinnen, junger Mann. Wissen Sie, was Sie tun? Hunderte von Smartphones sind gerade auf Sie gerichtet. Was glaubt ihr denn, was morgen in der Presse stehen wird ...«

Ich hatte den Mund noch nicht wieder zugemacht, als mich ein Schwall Tränengas aus nächster Nähe traf. Instinktiv drehte ich den Kopf zur Seite. So erwischte mich der Strahl seitlich der Brille in die Augen, in die Nase und in den Mund. Ich sah nichts mehr und begann zu würgen. Irgendein mir unbekannter Aktivist brachte mich zur Erstversorgung, und jemand spülte mir die Augen aus. Dann brachte man mich zu einer Rotkreuz-Station. Hier wurden meine Augen nochmals ausgespült. Dabei wurde ich zum ersten Mal von der Presse interviewt. Es war wohl ntv. Jetzt entschied man sich, mich in einen Rettungswagen zu packen und ins Krankenhaus zu fahren. Auf der Liege und mit Blaulicht durch den Stau. Es dauerte auch fast eine Stunde bis zur Diakonieklinik im Stuttgarter Westen.

Während der Fahrt klingelte mein Telefon. Es war meine Frau Sibylle, die wusste, dass ich im Schlossgarten war und dass im Radio bereits von sieben gebrochenen Nasen berichtet wurde. Da ich meine Nase bereits zweimal im Kampfsport gebrochen hatte und Sibylle mein Temperament kannte, dachte sie dabei sofort an mich. Ich konnte sie damit beruhigen, dass ich zwar gerade im Rettungswagen liege, das Nasenbein aber noch ganz sei. Erst im Krankenhaus konnte ich die Augen wieder öffnen und verschwommen etwas sehen. In der Notaufnahme, wo mir noch mal eine halbe Stunde lange die Augen ausgespült wurden, interviewte mich der SWR. Alle Verletzten wurden im Krankenhaus registriert. Ich war Nummer vierhundertnochwas. Ich dachte, dies werde für die Statistik gezählt. Allerdings erschienen am nächsten Tag in der Presse lächerliche Zahlen: nur etwa einhundert verletzte Demonstranten. Die Registrierung diente der Rechnung, die ich Wochen später für den Rettungswageneinsatz per Post bekam. Es waren etwa 200 Euro. Die Praxisgebühr von zehn Euro hatte ich bereits im Krankenhaus bezahlen müssen. Die hatte sich das Krankenhauspersonal aus meinem Geldbeutel genommen, da ich ja nichts sehen konnte.

Einen Tag später sah ich mich im Fernsehen auf ntv. Rot eingekringelt war gut zu erkennen, dass ich beide Hände in den Jackentaschen hatte, um passiv, deeskalierend und nicht als Aggressor zu erscheinen. Im selben Moment streckte ein Polizist aus der zweiten Reihe seine Tränengaspistole nach vorne und schoss mich aus circa 30 Zentimeter Abstand ab. Jetzt konnte ich erkennen, was passiert war. Diese Szene sah man im Fernsehen und im Internet. Einen Tag später meldete sich die Redaktion einer bekannten Talkshow eines Privatsenders bei mir. Sie wollten eine Reportage über drei Personen machen, die zufällig in diese Demonstration geraten waren, obwohl sie sonst nicht demonstrieren. Als Journalist sollte ich einer der drei sein, außerdem sollten noch eine

Studentin und ein Unternehmensberater gezeigt werden. Ich willigte ein.

Am nächsten Tag standen ein Redakteur, ein Tontechniker und ein Kameramann vor der Tür, um mit mir ein Home-Interview zu machen. Sie stellten ein Telefonat nach, in dem ich mich nach dem Schwarzen Donnerstag mit anderen Demonstranten für die Montagsdemonstration verabredete. Eine weitere Szene, in der ich vor dem Spiegel stehen und mir die Augen reiben sollte, lehnte ich ab. Eine Stimme aus dem Off sollte mich fragen, ob meine Augen noch schmerzten. Mein Text wäre gewesen: »Nur ein wenig. Aber mein Herz schmerzt sehr, wenn ich an den Bahnhof, den Schlossgarten und die Bäume denke!« Dann begleitete mich das Team in den Schlossgarten an die Stelle, an der ich verletzt worden war. Dort sollte ich schildern, wie genau es passiert war. Aber viel gesehen hatte ich ja nicht. Bei diesem Lokaltermin traf ich die anderen beiden, den Unternehmensberater und die Studentin.

Für die kommende Nacht war geplant, dass die Mahnwache für den Schlossgarten und S21 von der Stadt aufgelöst werden sollte. Das Filmteam rechnete mit einer Nacht- und Nebelaktion der Polizei gegen die Demonstranten, wollte deshalb einen Tag länger bleiben und sich mit mir um 23 Uhr bei der Mahnwache gegenüber vom Hauptbahnhof verabreden. Auch hier weigerte ich mich. Ich schlug ihnen vor, dass sie runtergehen sollten und mich anrufen könnten, falls es zur großen Schlacht kommen würde. Ich versprach, meine Demo-Klamotten auf einen Stuhl direkt neben dem Bett zu legen, so wie man es im Zweiten Weltkrieg machte und es mich mein Onkel Herbert aus Ravensburg lehrte. Im Falle eines Anrufs würde ich sofort hineinschlüpfen und könnte innerhalb von zehn Minuten zur Stelle sein. Denn ich glaubte nicht an eine Aktion der Polizei, da sich die bereits am Schwarzen Donnerstag die Finger verbrannt hatte. Und das würde noch juristische Folgen haben. Ich ging wie gewohnt ins Bett und legte auch keine Demo-Klamotten über den Stuhl, den es im Schlafzimmer sowieso nicht gab. Die Nacht blieb, wie von mir erwartet, ruhig. Anderntags zog das Fernsehteam wieder nach Köln ab.

Ein paar Wochen später rief ich dort an, um zu erfahren, wann der Fernsehbericht ausgestrahlt würde. Man sagte mir, sie seien leider zu spät dran gewesen und die Konkurrenz habe bereits Ähnliches ausgestrahlt, so dass sich der Sender entschieden hatte, es nicht mehr zu zeigen. Aber es sei sehr gut, dass ich mich melden würde, denn man habe im Sender jetzt einen neuen Plan. Aus der Geschichte der drei friedfertigen, braven Mitbürger wolle man mit dem vorliegenden Material eine völlig andere, neue Geschichte, und zwar nur mit mir, stricken. Jetzt sollte ich ein engagierter Aktivist sein, der an allen Fronten kämpft. Man schlug mir vor, mich gegen die aktuellen Castor-Atommüll-Transporte nach Gorleben irgendwo ans Gleis zu ketten. Selbstverständlich würden sie eine Heizdecke und ein Hotelzimmer für mich bereitstellen. Neben der Spesenerstattung könnte ich auch mit einem Honorar rechnen, und ich sollte danach als Talkgast in die Sendung kommen. Ich lehnte dankend ab. Bei aller Liebe zu den Medien und Che Guevara. Mir reichte es schon so.

Nach dem Schwarzen Donnerstag wurden wir fünf Jahre lang als gewalttätige Aktivisten kriminalisiert, bis man uns per Gerichtsbeschluss rehabilitierte und als Opfer letztendlich als Helden und Freiheitskämpfer feierte. Der Polizeieinsatz wurde als unangemessen und sogar als illegal verurteilt. Vieles kam erst im Nachhinein ans Tageslicht. Die Bäume hätten an diesem Tag nicht gefällt werden und die angemeldeten Schülerdemonstrationen nicht angegriffen werden dürfen. Auch war der Wasserstrahl der Wasserwerfer zu stark eingestellt gewesen, und das Verfallsdatum des Tränengases war abgelaufen. Zudem erfuhr man später, dass Polizisten als Demonstranten getarnt und als angebliche Aggressoren eingesetzt worden waren, die Gegenstände wie Plastikflaschen gegen andere Polizisten warfen. Dies bewiesen private Videoaufnahmen, die erst im Prozess nach fünf Jahren zugelassen wurden. Sie zeigten auch, wie Polizisten mit Fäusten und Knüppeln auf Schüler und Rentner einschlugen oder Demonstranten mit Pferden niedergeritten wurden.

Ein älterer Mann war durch den Wasserstrahl erblindet. Wer gegen den Polizeieinsatz geklagt hatte, bekam nachträglich Schmerzensgeld. Aber nur die, die geklagt hatten, obwohl alle Verletzten im Krankenhaus erfasst worden waren. Interessant war auch die Stellungnahme der verantwortlichen Politiker, man habe nicht damit gerechnet und auch nicht gewollt, dass es so eskaliert ist. Dabei gab es im Vorfeld schon klare Ansagen an die Polizisten, bloß nicht auf die Idee zu kommen, sich an dem Tag krankzumelden und den Dienst zu quittieren. Krankenhäuser wurden Tage vorher schon informiert und aufgefordert, ihr Personal an diesem Tag zu verdoppeln. Plötzlich waren auch Festplatten mit E-Mails zwischen Politikern und Polizei gelöscht worden. Diese konnten aber wiederhergestellt werden, und manche weiße Weste bekam hässliche Flecken.

Neu waren für mich dieser Kampfgeist, dieses Engagement und diese Solidarität in Stuttgart. Von wegen »verschlafene Schwaben«. Egal, auf welcher Seite man stand.

53 | Beschützer von Witwen und Waisen

Als kleiner, schmächtiger Junge mit Brille, Sommersprossen und roten Haaren hatte ich es nicht leicht. Auch deshalb, weil meine Familie, bedingt durch die Jobwechsel meines Vaters, fünfmal umziehen und ich deshalb häufig die Schule und den Freundeskreis wechseln musste. So wurde ich immer wieder aufs Neue zum Fremden, Außenseiter, Prügelknaben, war aber eben auch der Schnellste in meinem Schuljahr im Sprint und auf der Langstrecke. Doch das war bald nicht mehr nötig, denn dank der TV-Serie »Kung Fu« mit David Carradine und der Bruce-Lee-Filme, die in den siebziger Jahren aufkamen, begann ich mit vierzehn Jahren Karate. Mit viel Training, Talent und noch mehr Motivation konnte ich bereits zwei Jahre später selbst Unterricht geben, wenn unser Meister verhindert war. Teilweise kamen Klassenkameraden zum Probetraining, so dass sich meine Kampfkunst-Fähigkeiten in der Schule schnell herumgesprochen hatten. Meine Mitschüler hatten Respekt und gingen mir aus dem Weg, nachdem ich auch auf dem Schulhof die schlimmsten Schulschläger in die Schranken verwiesen hatte. Es kam sogar so weit, dass Klassenkameraden unter meinem Schutz standen, ohne dass ich einen Finger krummmachen musste. Ich hatte es geschafft! In den darauffolgenden Jahren nahm ich erfolgreich an vielen Karate-Turnieren teil. Auf der Straße kam es zu fünf Auseinandersetzungen, die ich zwar nicht begonnen hatte, aber mit einem vorzeitigen K.o. beenden konnte.

Erst Anfang der Neunziger benötigte ich wieder diese Fähigkeiten. Selbstverständlich trainierte ich immer noch mehrmals pro Woche. Zu dieser Zeit war ich mal wieder mit einem Verlagskollegen geschäftlich in New York. Eines Abends planten wir, am Broadway ins Musical »Miss Saigon« zu gehen.

Dort fielen wir trotz anfänglichen Misstrauens auf eine Bande von Trickbetrügern herein. In Stuttgart passiert mir so was nicht, da werde ich als Journalist zu den Musicalpremieren eingeladen. Die Bande bestand aus einem südländisch wirkenden kleinen, dicken Typen – er erinnerte mich an Paulie Pennino, den Schwager von Rocky Balboa in Rocky –, einem riesigen Schwarzen und einem netten, jungen Lockvogel-Paar. Als wir keine offiziellen Tickets an der Kasse bekamen, bot uns der kleine Dicke welche an. Zunächst ignorierten wir ihn.

Dann beobachteten wir, wie ein Paar ihm Geld gab und er bei dem schwarzen Riesen die Karten holte und den beiden überreichte. Als er uns noch erklärte, dass die Tickets aber etwas teurer als normal seien, eben Schwarzmarktpreise, überzeugte er uns komplett. Wir ließen uns auf den Deal ein. Wir gaben dem Dicken den überhöhten Preis. Dann begleiteten wir ihn zu seinem Kumpan, dem schwarzen Riesen, um die Karten zu erhalten. Der hatte aber plötzlich keine mehr. »No problem«, meinte der südländische Typ, der unser Geld ja schon eingesteckt hatte. Wir sollten mit ihm kommen. In einer Hotellounge um die Ecke sei ein weiterer Freund, der habe noch Tickets.

Am Eingang sollten wir warten, denn er wollte allein hineingehen. Kaum war er drinnen, wurden wir doch skeptisch und entschieden uns, dass mein Kollege ihm nachgehen und ich um das Hotel rennen sollte, damit ich ihn abfangen könnte, falls es einen zweiten Ausgang geben sollte. Tatsächlich – der Betrüger rannte zu einer anderen Tür hinaus. Mein Kollege, ein Marathonläufer, und ich rannten hinterher.

Der kleine Dicke war ganz schön schnell für seine Figur. Wir verfolgten ihn durch dunkle Gassen und ließen uns nicht von ihm abhängen. Mittlerweile war es spät in der Nacht, und der Bursche war mit einem Mal verschwunden. Wir gaben auf und drehten um. Wir hatten keine Ahnung, wo in New York wir gelandet waren. Wir vermuteten, in Little Italy. Aber kaum hatten wir kehrtgemacht, da sah ich diesen dicken Bauch von der Seite. Der Gauner hatte sich mit dem Rücken an einer Tür in einem dunklen Hauseingang versteckt. Ich sprach ihn an. Er meinte, er kenne uns nicht und wir sollten ihn in Ruhe lassen. Er habe unser Geld nicht. So lief er vor uns her – anscheinend in aller Ruhe.

Mehrmals forderten wir ihn auf, uns unser Geld zurückzugeben. In einer sehr dunklen Ecke blieb er plötzlich stehen und drehte sich zu uns um. Er fragte uns, ob wir lebensmüde seien und ob wir nicht wüssten, wie viele Morde nachts in New York verübt würden, und viele der Opfer seien naive Touristen. Jetzt gab er zu, dass er unser Geld habe, wir seien selber schuld, dass wir so blöd waren, und sollten uns jetzt besser verziehen, denn er habe eine Waffe dabei. Während er das sagte, griff er demonstrativ mit seiner rechten Hand nach hinten, um uns glauben zu machen, dass die in seiner Hose steckte. Mit einem schnellen Schritt war ich aber schon bei ihm, mit einer Hand umfasste ich seinen Kehlkopf, mit der anderen holte ich aus. »Zieh deine Waffe oder gib uns unser Geld!«, schrie ich ihn auf Englisch an. Er röchelte und hob langsam beide Hände nach oben. Vorsichtig holte er ein dickes Bündel Geldscheine aus seiner Jackeninnentasche und gab es mir. Vermutlich alles, was er an diesem Abend ergaunert hatte. Ich zählte unser Geld ab und gab ihm den Rest zurück.

Als wir zurück in Stuttgart waren, sprach sich die Geschichte schnell in der Verlagswelt herum, und ich bekam plötzlich Angebote als Bodyguard. Kurz darauf ergab sich der erste Job. Carl Barks, der Disney-Zeichner, die Comic-Legende schlechthin, kam nach Stuttgart. Ich war ein großer Fan von ihm. Schließlich hatte ich dreizehn Jahre für den Egmont-Ehapa-Verlag gearbeitet und dort im Marketing neben Asterix, Lucky Luke und vielen anderen Comics auch für Disney-Produkte gearbeitet. Und jetzt sollte ich bei einer Stuttgarter Veranstaltung auf ihn aufpassen! Ich wich nicht von seiner Seite. Er war nicht mehr der Jüngste, aber topfit, sympathisch und sehr lustig.

Carl Barks war nicht nur der langjährige Zeichner von Donald Duck, sondern auch der Erfinder von vielen berühmten Figuren wie Daniel Düsentrieb und den Panzerknackern. Walt Disney verbot ihm, dies offiziell zu kommunizieren. Erst mit siebzig Jahren, nach dem Tod von Walt Disney, konnte Barks darüber reden. Er gab im Württembergischen Kunstverein eine Pressekonferenz. Dabei fragte ihn ein Journalist, dass er doch jahrzehntelang mit seiner deutschen, sehr attraktiven Übersetzerin Erika Fuchs zusammengearbeitet habe – ob es denn da niemals zwischen den beiden gefunkt habe. Nein, antwortete Barks verschmitzt, was hätte er mit dem jungen Ding denn anfangen sollen. Erika Fuchs war an dem Abend auch anwesend. Alle im Raum lachten. Barks war zu dieser Zeit dreiundneunzig Jahre alt, Erika Fuchs achtundachtzig. Beide verstarben in ihrem 100. Lebensjahr.

Im gleichen Jahr, in dem ich auf Barks aufgepasst hatte, bekam ich einen zweiten, kuriosen Security-Job. Der Egmont-Ehapa-Verlag war der Herausgeber der deutschen Adaption des amerikanischen World Wrestling-Magazins. Ich war zunächst als Produktmanager, später als Marketingleiter für dieses Magazin verantwortlich und traf in den USA sämtliche Wrestling-Stars wie Hulk Hogan und Co. Auf der Buchmesse in Frankfurt stellten wir das neue Magazin auf einer Pressekonferenz vor. Zur gleichen Zeit tourten auch die amerikanischen Wrestler durch Deutschland und waren an diesem Abend in Frankfurt. Durch einen unterirdischen Gang begleitete ich den Wrestler »Macho Man« Randy Savage von der Veranstaltungshalle zur Buchmesse. Ich trug passend zu meinem Messestand ein extra cooles Lucky Luke Promo-T-Shirt. Damals war gerade der Band »Die Jagd nach dem Phantom« erschienen. Auf dem Cover des Comics war ein geöffneter Sarg zu sehen, aus dem ein gespenstisches Augenpaar herausblickte. Dieses Augenpaar vor einem schwarzen Hintergrund wurde mein Key-Visual für die Werbekampagne. Das T-Shirt und alle Werbemittel waren damit gestaltet worden. Halb Frankfurt war mit Plakaten vollgepflastert, und riesige Stoffbanner hingen quer über die Straßen nahe dem Messegelände. Auch den Messestand hatte ich passend dazu bauen lassen: Dort standen ein Sarg, ein lebendiger Totengräber, ein Galgen mit einem Plüsch-Geier, und schwarze Phantome liefen umher. Letztere waren Studenten unter schwarzen Bettlaken, auf die große Phantom-Augen aufgenäht waren. Allerdings wurden meine Phantome leider verhaftet, weil sie sich zu weit vom Messestand entfernt hatten – so stand es jedenfalls am nächsten Tag in der FAZ. Ganz so schlimm war es zwar nicht, aber doch waren wir von der Messeleitung verwarnt worden. Jedenfalls gewann mein Stand den ersten Preis als innovativster Stand der Messe. However, der »Macho Man« wollte unbedingt so ein schwarzes Phantom-T-Shirt haben. So schickte ich ihm eins in Größe XXL in die USA. Er freute sich sehr darüber.

2010 gab es einen weiteren skurrilen Job als Personenschützer. Diesmal sollte ich auf einer Veranstaltung des Internationalen Trickfilmfestivals auf Ex-Ministerpräsident und Ex-VfB-Stuttgart-Vorstand Gerhard Meyer-Vorfelder aufpassen. Keine leichte Aufgabe war das. Die größte Gefahr war dabei der Alkohol. Nachdem wir an diesem Abend einige Gläser Rotwein erfolgreich umschifft hatten, einige aber auch nicht, war Meyer-Vorfelder, im Volksmund kurz M-V, doch etwas müde und wackelig geworden. Er wollte sich abholen lassen und seinen Fahrer per Handy anrufen, doch der Handy-Akku war leer. Der Comedian Dodokay war zum Glück zur Stelle und lieh uns sein Handy. So kam auch M-V gut nach Hause.

2019 schließlich passte ich im Rahmen des Internationalen Trickfilmfestivals Stuttgart bei einem Pressetermin für die Verleihung des Deutschen Animations-Sprecherpreises auf Otto Waalkes mit auf. Der Arme wurde so heftig von Presse und Fans bedrängt, dass wir die Interviews abbrechen mussten.

54 | Evas Hahnenschrei

Unlängst saßen Claus und Eva, Freunde von uns, sonntagmorgens beim Frühstück in ihrem Wintergarten in einem großen Gründerzeit-Haus von 1900 im Stuttgarter Süden.

»Claus, hast du auch heute früh den Hahn gehört?«, fragte Eva.

»Hier bei uns in der Alexanderstraße? Wo soll es denn hier einen Hahn geben? Nee!«, antwortete Claus.

Am nächsten Morgen hatte Eva wieder ein Krähen gehört, Claus wieder nicht. Dies ging einige Tage so weiter. Eva begann schon an sich zu zweifeln. Und Claus sowieso – also an Eva. Bis Eva eines Tages im Treppenhaus, als Claus schon aus dem Haus und sie auf dem Sprung in die Werbeagentur war, von einer Nachbarin angesprochen wurde. Eigentlich hatte Eva weder Zeit noch Lust für eine Unterhaltung mit ihr, da diese als äußerst neugierig und geschwätzig bekannt war.

»Haben Sie das auch gehört?«

»Was soll ich gehört haben?«

»Ja, das von unserem Nachbarn!«

»Welcher Nachbar denn?«

»Ja, der von gegenüber, im ersten Stock!«

»Was soll mit dem sein?«

»Da kam doch die Polizei!«

»Wieso kam da die Polizei?«

»Ja, weil er angezeigt wurde!«

»Warum denn angezeigt?«

»Ha, weil er nachts in seinem Auto einen Hahn eingesperrt hatte, weil in seinem Kleintierzüchter-Verein, wo der Hahn sonst war, nachts ein Fuchs umherging und schon ein paar Hähne um die Ecke gebracht hatte!«

Mehr musste Eva nicht wissen. Sie freute sich schon auf den Triumph, wenn sie Claus am Feierabend alles erzählen konnte.

Später einmal, Eva und Claus saßen in ihrem Wintergarten, hörte Eva das Blöken eines Schafes. Beide schauten sich gleichzeitig an. Beiden war klar, dass der andere es auch gehört hatte. Man verlor kein Wort darüber. Alles war möglich mitten in der Stadt – auch in der Alexanderstraße.

55 | Der mit den Vögeln spricht

Unlängst holte ich sonntagmorgens Brezeln beim Bäcker. Es war noch sehr früh, und die Straßen waren verschlafen und leer. Auf dem Rückweg, vor meinem Haus, sah ich eine zerzauste Krähe krächzend über mir auf einer Stromleitung sitzen.

Fröhlich begrüßte ich sie: »Na, du alte Krähe, auch schon wach!«

Fast gleichzeitig entdeckte ich aus dem Augenwinkel in einem Garten, nur wenige Meter von mir entfernt, eine Nachbarin in Schlafanzug und Morgenmantel mit lila gefärbten, noch ungekämmten Haaren. Mit weit aufgerissenem Mund und Augen hinter dicken Brillengläsern starrte mich die Rentnerin an. Sie musste wohl gerade die Zeitung aus dem Briefkasten geholt haben.

Um die Situation zu retten, begrüßte ich sie mit einem freundlichen »Guten Morgen«. Ich bin mir nicht sicher, ob sie die Krähe noch bemerkte, die im gleichen Moment davonflog. Vielleicht erfahre ich dies bei unserem nächsten Treffen. Zur Sicherheit werde ich künftig jede Krähe mit Spätzchen oder Täubchen ansprechen.

Nachwort

Jeder kennt es von Konzerten. Wenn die Band das Programm gespielt hat, möchte das Publikum eine Zugabe, und die Band kommt noch einmal auf die Bühne. Möchte das Publikum keine Zugabe mehr, kommt die Band trotzdem auf die Bühne. Ich würde mir mal wünschen, dass das Publikum nach dem Applaudieren rausgeht und dann noch ein- oder zweimal zum Klatschen zurückkommt. Die Zugabe ist dann meist so ein Rausschmeißding – warum sollte das bei einem Buch anders sein? Mit anderen Worten: Eine habe ich noch. Ein Nachwort ist für mich wie ein Nachschlag. Und dabei denke ich ans Essen.

Unlängst saß ich in einem Restaurant. Ein kleiner Italiener direkt ums Eck auf der Schwabstraße. Man sitzt da schön.

Während des Essens kam die Bedienung an den Tisch. Die Tochter der Chefin. Ich kaute gerade mit vollem Mund.

»Und schmeeeggds?«

Ich schluckte herunter.

»Das Steak ist durch, ich habe es blutig bestellt. Und der Salat ist versalzen!«

»Aber schmeeeggds?«

Inzwischen hat der Pächter gewechselt. Warum, weiß ich nicht.